梅里克家族

加州之旅

（美）弗兰克·鲍姆 著

郑榕玲 译

企业管理出版社

图书在版编目（CIP）数据

加州之旅 / (美) 鲍姆著；郑榕玲译.
—北京：企业管理出版社，2015.12

ISBN 978-7-5164-1167-4

Ⅰ.①加… Ⅱ.①鲍… ②郑… Ⅲ.①儿童文学—长篇小说—美国—近代 Ⅳ.①I712.84

中国版本图书馆CIP数据核字(2015)第313101号

书　　名：	加州之旅
作　　者：	弗兰克•鲍姆
译　　者：	郑榕玲
责任编辑：	韩天放　尤　颖
书　　号：	ISBN 978-7-5164-1167-4
出版发行：	企业管理出版社
地　　址：	北京市海淀区紫竹院南路17号
邮　　编：	100048
网　　址：	http://www.emph.cn
电　　话：	总编室（010）68701719　发行部（010）68414644 编辑部（010）68701292
电子信箱：	80147@sina.com
印　　刷：	北京宝昌彩色印刷有限公司
经　　销：	新华书店
规　　格：	145毫米×210毫米　　32开本　5.5印张　124千字
版　　次：	2016年3月第1版　2016年3月第1次印刷
定　　价：	25.00 元

版权所有　翻印必究・印装有误　负责调换

目 录

第 一 章 "曼伯斯"来了 …………………………… 001
第 二 章 约翰的"馊主意" ………………………… 010
第 三 章 梅特尔·迪恩 …………………………… 020
第 四 章 一个有趣的小病号 ……………………… 033
第 五 章 车轮上的奇迹 …………………………… 043
第 六 章 万普斯式的速度 ………………………… 049
第 七 章 万普斯变了 ……………………………… 058
第 八 章 印第安人 ………………………………… 064
第 九 章 大自然的杰作 …………………………… 071
第 十 章 郊狼小夜曲 ……………………………… 078
第 十 一 章 真正的探险 …………………………… 086
第 十 二 章 你们"被邀请"了 …………………… 093
第 十 三 章 小提琴手 ……………………………… 103
第 十 四 章 成功逃出 ……………………………… 112
第 十 五 章 丹尼尔的情事 ………………………… 120
第 十 六 章 黑店 …………………………………… 125
第 十 七 章 黄灿灿的罂粟花 ……………………… 132
第 十 八 章 沉默的男人 …………………………… 137
第 十 九 章 "三次" ……………………………… 145
第 二 十 章 诺马角之旅 …………………………… 152
第二十一章 一个悲伤的故事 ……………………… 161
第二十二章 相认相聚相亲相爱 …………………… 167

第一章　"曼伯斯"来了

温暖舒适的客厅内,道尔少校正如热锅上的蚂蚁一般来回踱步。

"咱们家帕琪一定是出什么事情了!"他厉声说道。

一个矮胖的光头男人镇定自若地坐在火炉旁读着自己手中的报纸,对身旁爆发出的声响毫不在意。

"帕琪定是遇上什么事情了!"道尔少校再次强调道。他口中所重复的"帕琪"便是他唯一的宝贝女儿——帕特丽夏·道尔。

"每个人的身上都会发生点什么事。"一旁的矮个子男人淡淡地回应道,漠然翻动着手中的报纸。

"我确实是有事了,因为我找不到我心爱的宝贝女儿了。你也确实是出事了,因为你对她竟然毫不关心。"

"我没有,先生!我并不像你所说的那样。"

"对于帕琪而言,"那男人接着说道,"她已经十六岁了,纽约市对她来说如同她了如指掌的一本书。这孩子是不会有什么危险的。"

"那她人在哪儿呢?你倒是说说看啊,先生。此时此刻已经是晚上七点了,门外不单是漆黑一片还洒着瓢泼大雨,帕琪回家可从未晚于六点过。约翰·梅里克,此时你的外甥女,我唯一的宝贝女儿帕琪不见人影,甚至可能是走失亦或是被拐卖,你是怎么做到像一团油泥一样气定神闲地坐在这儿无动于衷的?"

"那你觉得该做些什么呢?"约翰抬头问道,脸上扬起一抹微笑。

"我们应该去警察局报案,这大晚上风雨交加,而且……"

"然后我们该去找消防队。叫玛丽多加些炭火,这样帕琪回来的时候能让她感到这屋里既温暖又舒适。"

"但是,先生……"

"少校,你的问题在于这顿拖了一个半小时的晚餐。要知道一个空着肚子的人总是容易萌生出一些可怕的忧虑与担心。现在,我们……"

他停了下来,因为此时厅门处响起了钥匙转动的声音,紧接着刚从阴冷潮湿的雨夜中归来的帕琪·道尔便出现在他们的眼前,粉润而充满生气的小脸儿上扬着一抹明亮的笑容。

她随身带着一把伞,但披在身上的斗篷还是在滴着水珠,皱巴巴的大衣内有什么东西,如同裹了好几层襁褓的小婴儿一般被她小心翼翼地呵护着。

"天呐,"少校惊呼道,上前亲吻了帕琪,"你终于回来了,安然无恙地站在了我面前。亲爱的帕琪,到底是什么事耽误你这么长时间,直到现在才回来啊?"他用一口土腔急切地问道。

约翰上前帮她脱掉了湿漉漉的斗篷大衣。

"当心!"帕琪惊叫,"别弄坏我的曼伯斯。"

两个男人都好奇的盯着皱巴巴的大衣下面包住的一团东西。

"谁是曼伯斯?"一人问道。

"哪儿有什么曼伯斯?"另一人也追问道。

那团东西蠕动起来。帕琪坐在地上小心翼翼地撩开裹成团的大衣。只见一只毛茸茸的小黑狗探出头来,灯光下的它一副睡眼惺忪的模样，随即这团肥嘟嘟的小东西便挣脱了身上的束缚，一颠儿一颠儿地朝壁炉的方向跑去，脸上还摆出一幅郑重其事的表情。它并未像其他小狗一样径直向前走，而是如帕琪描述的——"成对角线"地往前走。到了壁炉边，它便趴下身子把自己蜷成了一个球，准备美美地睡一觉。

在眼前这一系列场景发生之时，屋内已隐隐弥漫着一种让人压抑的静默。少校满脸阴郁，蹙眉盯着那只狗；约翰舅舅也是不苟言笑，对它报以挑剔与审视的眼光；而帕琪的脸上则洋溢着入了迷的喜悦表情。

"它真是太讨人喜欢了！"

"我突然想到，"少校一字一顿地说道，"我需要一个解释，帕琪·道尔。也就是说你让我们在家为你提心吊胆了一个小时，甚至于晚饭都还没吃，就只是因为这么个卑贱的家畜？"

"哼！"约翰舅舅啐了一声，"那是你，少校。我可并未有过丝毫的担忧。"

"你知道吗，"帕琪解释道，"当我正准备早早地回家时，我遇到了曼伯斯。它的脖颈上拴了个项圈，一个小男孩正拉着它。当曼伯斯想要向我跑来时，那个男孩残暴地扯住了它并用脚狠狠地踢它，这让我顿时火冒三丈。"

"这是肯定的。"约翰舅舅说道，并认真地点了点头。

"我教训了小男孩一顿，他说我走了之后他就会拿曼伯斯出气。这可不是我想要的，所以我提出买下这只小狗，但小男孩却不敢随随便便地卖给我。他说这条狗是他父亲的，要是他没把曼伯斯带回家，他父亲肯定会大呼小叫并要了他的命。所以我弄清了他家的住处，得知并非很远后便随他一同回家。"

"帕琪你太酷了!"约翰露出了微笑。

"可我们却因为你,拖到现在都没吃晚餐!"少校以责备的口吻抱怨道。

"喂,我有注意时间的,你得相信我!"帕琪激动地说道,"那男人是个野蛮粗俗的大块头,一幅醉醺醺的样子。他一把抓起这只小狗丢进了一个箱子里,并要我快点回家,别在这里多管闲事。"

"看来你是直截了当地拒绝了他。"

"那是当然。我可是已经下定决心要带走这只小狗了。"

"狗,"少校说道,"总是会惹出麻烦事儿来。"

"那不一样,"帕琪宣称道,"曼伯斯就是个例外。它是一条乖乖狗,虽然它还是条幼犬,但是够聪明而且通人性。我不能眼睁睁地看着它遭受那些野蛮人的拳打脚踢。那个男人获知我想要买下曼伯斯的决心,便开出了二十五美元的价格。"

"二十五美元?"约翰惊叫道。

"就只为这么点破布条和不足分量的小狗?"少校一边冷眼蔑视着小狗一边问道,"二十五美元可真算是个天价了。"

"那个男人太小看我了。"帕琪说道,随后发出一阵清甜而欢乐的笑声,蓝色的双眸中跃动着闪闪光彩,"最终我仅用了两美元买下了曼伯斯,当我离开的时候他还恭恭敬敬地与我道了别。那个小男孩则是被气得大呼小叫,因为他再也不能对着小狗发泄了。而对于曼伯斯来说,它即将要过上被宠爱并且体面的日子了。"

"你的意思是说要养它?"少校赶忙追问。

"为什么不养?"帕琪问道,"老爸,难道你不喜欢它吗?"

她的父亲走上前围着曼伯斯打量了一番。这只小狗正以一副慵懒的样子四仰八叉地躺着,四只小爪子也悬在半空,在这个正用锐利目光审视自己并露出一副厌恶嫌弃表情的男人面前,摆了一个滑稽可笑的造型。

少校叹了口气。

"它无法狩猎,帕琪,甚至连只老鼠都抓不了。"

"咱家没有老鼠。"

"它既无用处又不具备什么观赏性。再看看它现在的样子,估计擅长的除了吃也就是睡了。"

"那又如何呢?"帕琪笑道,并一脸宠溺地将曼伯斯揽入自己的臂弯之中。

"我并不在意曼伯斯有多大用处或是具备什么观赏性,我只想它能相伴左右。"

正在这时,玛丽过来叫他们吃晚餐。帕琪冲到自己的房间匆忙地上了个厕所,两个男人则坐到桌前望着眼前的晚餐陷入了沉思。

"对于家里添了个新成员这件事,"约翰开口道,"你完全不用烦心,亲爱的少校。看在上帝的分上,也算看在那群野蛮人为帕琪的欣喜做出了丁点儿贡献的分上,就别嫉恨曼伯斯啦。"

"这是我生平第一次让条狗进家。"

"你并没有打破你自己的原则。这只狗是帕琪的私有物。"

"我一直都很反感看到女人抱着小狗的样子。"少校蹙紧眉头接着补充了一句。

"我明白,对此我感同身受。但这并不是那只小狗的错,是女人。而且我敢肯定帕琪也不会想让自己因为那只浑身散发着霉臭味道的小狗失了面子。相反,她可能只是在她的这个新玩伴身上感受到了前所未有的快乐。少校,如果你真的想让她开心的话,就别去压制她这个心血来潮的新奇想法,哪怕这些想法在你看来是荒谬而可笑的。给帕琪留点儿她的空间吧,别去管曼伯斯了。"

正在此时,帕琪笑容满面地走了过来。帕琪·道尔看上去比她的实际年龄要小,有很多人都因为她的体型而不客气地称她为"小胖"。她有着一头柔顺靓丽的红发——是真实而纯粹的那种红,那蓝色双眸也是世界上最灵动而明媚的、任哪个女孩子都想要拥有的。你不会留心注意到她的雀斑、她俏丽的下巴或是她翘起的鼻子,你只会注意到她那对笑眼和那头如"冠冕"般的金红头发,看到这些你便会立刻喜欢上帕琪·道尔。如果抛开严格意义上关于美的标准来看的话,你会想着她是个很漂亮的女孩儿。没有人能有像这两个老头一样忠实的朋友——高尚威严的少校和心宽体胖的约翰舅舅,也没有人能如他们那样对帕琪倾其所有的赞美与爱。

没人能想到在威林广场第二个转角3780号公寓内,过着平凡生活的一家人中的道尔小姐会是一位财产继承人。不仅如此,恐怕她也是这纽约城中数一数二坐拥无数资产的女孩儿。当我说明其中的真相后,这一切便会很好解释。帕琪的舅舅约翰·梅里克——也就是那个胖乎乎、此时正坐在饭桌前低着头、心满意足地品尝着自己的汤羹的秃顶小老头——是个百万富翁,而帕琪则是她最疼爱的外甥女。梅里克先生是个在遥远的西北部发了大财的单身老汉,前不久他放下了手头兴旺的生意来到东部探亲,看看有没有谁能收留他这个在外漂泊了四十年的老头。他的妹妹珍把她的三个晚辈——露易丝·梅里克、伊丽莎白·德·格拉夫和帕特丽夏·道尔聚在了一起。珍去世后约翰便认养了这三个女孩儿,女孩们的幸福快乐便是他欢愉的生活中唯一的重心。那时候,帕琪在这世上唯一的家长道尔少校还是个赚不了多少钱的记账员,但是约翰让他掌管了自己很大一部分财产,对帕琪倾注的爱可以说也不逊于帕琪的父亲。就这样,约翰融入了道尔一家人的生活,并且平生第一次享受到了生活中的点滴快乐。

本书故事刚开始的时候,约翰舅舅最年长的侄女露易丝·梅里克刚刚嫁给了一个年轻有为的商人——亚瑟·威尔登,另外的两个外甥女和约翰一样,对此感到意兴消沉、孤独不已。新娘去度为期三天的蜜月假期,后两天里一直断断续续地下着雨,所以直到帕琪去拜访完贝丝并带回这只小狗之前,这两名男士深感身边的一切都是那么枯燥而沉闷。

帕琪总能让身边的一切都染上快乐,没有任何事情能使这个精力充沛的女孩陷入太长时间的沮丧或是挫败,她总在做着有意思的事情,并以此发掘出无穷的兴奋与喜悦。

"假如她没有用两美元买下那只二十五美元的小狗,"少校说道,"那被她带回家的可能就会是个贫民窟的孤儿,或是只小公猫,再不然则是黑人区捡铁罐头吃的山羊。或许,我们终究还得要感谢她带回来的这只——它叫什么来着?"

"曼伯斯。"帕琪愉快地说道,"那个男孩儿说他们给它取这个名字是因为它睡觉的时候会低声咕哝。你们听！"

确实，炉火旁的这只小不点儿正发出一阵奇怪的声响，听上去像是低声的吼叫掺杂着呜呜哀鸣——无可置疑的证明了它确实被起对了名字。

帕琪爆发出的大笑声和着约翰的咯咯笑声以及少校责备的咳嗽声一同响起时，曼伯斯醒了，迷迷糊糊地抬起头来。或许是瞥见了隔壁屋子里一桌丰盛的晚餐，也许是被气味所吸引，眼下这只小家伙一颠儿一颠儿地就跑了过来——仍旧是以对角线的方式，跑到了帕琪的椅子旁缩起两条后腿坐了下来。

"这么看来，"当帕琪喂着小狗的时候少校说道，"我们幸福的生活要终结了。"

"那可不见得，"约翰伸手抚了抚曼伯斯的头开口道，"这小家伙儿没准会给咱们的生活添上一抹色彩呢。"

第二章 约翰的"馊主意"

两个小时后，约翰舅舅正坐在火炉边他的大椅子上打瞌睡，帕琪正在弹着钢琴。猛然之间，约翰站了起来，并且看起来一副瞬间做出了什么决定的样子。

"我有一个主意。"他开口宣布道。

"所以说，是你做梦的时候想出来的主意？"少校尖锐地问道。

"哎呀，老爸，你火气怎么这么大！"帕琪叫道，"约翰舅舅就不能凭着自己的想法有什么主意吗？"

"我很担心他想出的是什么主意，"少校满脸疑虑道，"每次当他睡觉的时候冒出的念头，都意味着要有什么麻烦了。"

帕琪笑了起来，并一脸好奇地望着她的舅舅，而这个矮个子的小老头也一脸和蔼地回望着她。

"这么长的一段时间里我都在思考一件事，"他说道，"而当我苦于如何解决难题时，只要小睡一下，一切便会迎刃而解。亲爱的帕琪，我突然想到我们现在实在是太寂寞了。"

"一点儿都没错！"她大声呼应道。

"并且总是郁郁寡欢。"

"咱们的精神都已经跌到了谷底。"

"所以咱们需要的是——改变。"

"又开始了！"少校哀怨道，"我就知道约翰·梅里克的任何一个主意都会让我们不幸。但是这位先生，需要明白的是，你是个让人意志消沉的家庭破坏者，我的女儿帕琪这个冬天是不会踏出纽约城一步的。"

"为什么不呢？"约翰和善地问道。

"因为你把她从我身边拐走的次数已经够多了，而且你还剥夺了她唯一的家长与她沟通来往的机会。你先是随着自己性子去了欧洲漫无目的地闲逛，接着是米尔维尔，再之后是埃尔姆赫斯特。所以现在，喔唷！我就算是要扼杀你那腐朽脑子里的所有馊主意也要把我的女儿留在身边。"

"但这次我打算带着你一起去啊，少校。"约翰深思熟虑地说道。

"哎哟喂，哼！可是，我去不了。还有太多的生意需要操心——照看你那可怕的巨额财产。"

"去度个假嘛。你知道我不是很在意生意上的事情了。不管怎样，它也不可能差到哪儿去。要是我辛辛苦苦赚的钱没有花到正确的事情上，或是说债券到期时跌落了预期的利率值，那还有什么意义呢？钱得花在刀刃上！"

"这些正是我想说的。"帕琪急不可耐地补充道，"拿出你的勇气来，少校，别再总是惦记着生意上的事儿了。让咱们一起去到哪个地方肆意地玩耍一番，这会很振奋人心的。"

少校先是将目光盯在一个人身上，而后又转向了另一人。

"你的计划是什么，约翰？"他硬生生地问道。

"寒冬马上就要来了。"小老头说道，缓慢地将头低下又抬起。

"没错！"帕琪大叫道，并热烈地拍起手来，"我都能感受到寒气刺骨。"

"所以咱们就去，"约翰舅舅赫然说道，"去加利福尼亚州——那里灿烂的阳光和朝气蓬勃的花朵能驱散寒冷，解救我们免于冰天雪地之困。"

"万岁！"帕琪惊呼道，"我早就想去加利福尼亚了。"

"什么！"少校惊奇道，"加利福尼亚？去那里可比去欧洲还要远。光是到那里就得花上一个月的时间。"

"胡说。"约翰舅舅反驳道，"从东海岸到西海岸才只需花四天。我有张时刻表，就在这儿呢。"说着他便翻着自己的口袋。

接着是一阵沉静，少校的心里压抑着不满，而对帕琪而言，则是狂喜。约翰舅舅找到了装有铁路时刻表的夹子，戴上自己的眼镜开始查找起来。

"我都这把年纪了，"道尔少校这个身体硬朗的如年轻男孩的人开口道，"这么一趟旅行可不是什么轻松的事。"

"二十四个小时可以到芝加哥，"约翰舅舅喃喃自语道，"然后再三天可以去到洛杉矶或是旧金山，大概就是这么回事。"

"四天四夜劳神劳力的奔波，到那时估计咱们会累死。"少校预言道。

约翰舅舅若有所思。接着他便躺回到他那把大椅子上并摊开手帕盖在了自己的脸上。

"不不不！"少校警觉地叫喊道，"看在上帝的份儿上，约翰，求求你别再睡觉了，然后想出更多可怕的主意。没人知道接下来你想出的目的地会是哪里——延巴克图或是尤卡坦州之类的什么地方都有可能。咱们就去加利福尼亚吧，在你那发热的大脑生出更多杂草之前,还是快把这个问题解决了吧。"

"尤卡坦州,"梅里克先生镇静地开口,声音因被手帕蒙了一层而显得低沉,"未尝不是个好建议。"

"我就知道!"少校几近崩溃道,"那埃塞俄比亚和印度是不是更来劲啊?"

帕琪不禁笑了起来。她知道过不了多久就会发生些好玩的事儿了,她像所有女孩儿一样,对即将到来的趣事感到欣喜万分。

"别打扰舅舅了,老爸,"她说道,"他总是能想出任何天马行空的奇思妙想来,这点你最清楚不过了;尤其是当你对他的计划提出异议的时候,这是你最常干的事儿。"

"他是这世上最多变、最不靠谱的人了。"她的父亲愤懑地瞪着那块遮挡住约翰如天使般无邪脸庞的手帕,"对任何人而言,纽约都是个让人心生向往的地方,即便是在冬天也依然如此。既然你已身处于这个社会,帕琪……"

"噢,麻烦的社会问题!我恨它。"

"确实如此,"他赞同道,"它就好比一台循环不息的跑步机一样,束缚着站在上面的每一个人,它让人停不下脚步却也制约着人们得不到丝毫的进步。社会时常会带给你精疲力尽的感觉,它阻止你沉溺于其余的消遣享乐之中。"

"其实你对它根本就不了解,"帕琪严肃认真地说道,"这就是你总是深恶痛绝社会的原因。亲爱的老爸,你所了解到的那些事情是不足以让你随便对社会评头论足的。"

"哼!"少校闷吼一声,接着恢复了沉默。

曼伯斯享受完了它晚餐后的小憩便醒了过来,一副精神焕发的样子。这只狗的体型，按少校的话来讲是：大概4×6这样的尺寸，但是你不确定这四和六究竟指的是长度还是宽度。它浑身上下那粗浓杂乱的毛让人不知道拿它如何是好，帕琪小心仔细地拨弄了半天，才摸到它那截短粗的小尾巴。两只眼睛很少能有同时不被毛发遮挡住的时候。但是正如它现今的女主人所说的那样，尽管它接触这个世界才只有几个月而已，却是一只聪明的幼犬，它的脑袋瓜机灵得很。在温暖的火炉旁舒服地打了个哈欠后，它用自己的后背在少校的腿上蹭了蹭，然后在帕琪旁边坐起身来，用一种可怜巴巴的眼神望着她。接着它又小跑着来到了约翰的身边。那块的白色大手帕吸引住了它的视线，手帕的一角正沿着躺椅的边缘垂落下来。曼伯斯直起身子想要够到垂落而下的手帕，但牙齿却怎么也碰不到它。所以它重新坐了下来，思考了一番后突然猛地一跃，帕琪对眼前这个身手格外敏捷的小家伙爆发出欢喜的叫声，甚至连少校都对小家伙的表演咧嘴直笑。约翰一下子醒了过来，坐起身子，看到小狗正在地上揪着手帕打着滚，就好像对这手帕有什么仇怨似的。

"感谢上帝，"少校舒了口气说道，"这只黑了吧唧的小淘气明智地阻止了你准备想出其他什么馊主意。"

"那你可要失望了哦，"梅里克和蔼地回应道，"我已经想好了所有问题的解决办法，并且完善了我们的出行计划。"

"我们要去的地方还是加州吗？"帕琪焦虑不安地问道。

"当然啦。要知道我心里可是一直惦记着那里的暖阳与花香。但是我们不能让少校因那四天满满当当的火车之旅而心烦意乱。我们得中途停一下，花上两三周的时间四处转转——或许是一个月也说不准。"

"我的天啊！一个月！"少校惊得脱口而出道，他此时的神情将"绝望"这个词演绎得淋漓尽致。

"是的。你们听好哦，我们会用一天一夜的时间先去往芝加哥。然后咱们在那里停留一段时间，去牲畜饲养场转悠转悠，好好地看一看、挑一挑那里的东西留作纪念。"

"不要，我们是不会去的。"帕琪断然回绝道。

"我们没准儿会在芝加哥的香肠制作工厂里把曼伯斯给卖了。"少校说出了自己的想法，"但肯定卖不到两美元，要是一磅能卖二十美分的话，它估计连半磅的钱都卖不到。"

"芝加哥还有很多其他可以去观赏的地方。"约翰继续说道，"不管怎样，我们会在那里逗留一段时间，待到养精蓄锐后再前往丹佛和派克峰。"

"这听起来倒不错。"帕琪开口道。

"到了丹佛，"约翰接着说道，"咱们可以坐观光游览车穿越那里的连绵山峰，而且从那里通往加州的全程道路都平坦易行。"

"你这些都是听谁说的？"少校问道。

"没人告诉过我。这是我按逻辑得出的结论，因为我曾经住在西部，所以很清楚草原路可比大马路畅通无阻得多。然而，哈格蒂还告诉我他从丹佛到洛杉矶的旅行全程都可以是自驾游，别人能做到的事情，我们为什么不能！"

"这趟旅行一定会很棒！"帕琪兴高采烈地预言道。

少校板着脸，一副神色凝重的样子，但他绞尽脑汁也想不出什么阻拦这趟旅行的理由了。他是真的对西部一无所知,并且也从来没想过要去那。

"我们会和哈格蒂谈谈这件事儿的。"他说道,"但是约翰,你可别忘了他是个夸夸其谈的大话王,这种人是当不了咱们的榜样的。你打算什么时候出发?"

"明天怎么样?"约翰舅舅平和地问道。

这一次连帕琪都提出了异议。

"为什么啊,舅舅。咱们还得收拾行李呢,"她说道,"而且都有谁去呀?只有我们三个人吗?"

"我当然还要带上贝丝一起去了。"贝丝就是约翰的另一个外甥女——伊丽莎白·德·格拉夫,"但不用担心贝丝,她是那种很快就能收拾好行李,并且不到一小时就能动身随我们出发的女孩。"

"贝丝确实是个未雨绸缪的人。"帕琪同意道,"但是如果我们要去的是一个春暖花开的地方的话,是不是该准备些夏天穿的衣服?"

"电动车可拉不动你那一大堆的衣服。"少校说道。

"我是说我们可以先把衣服用船托运过去。"

"哈格蒂说,"约翰开口说道,"沿途是没必要带着薄衣服的,只有到了加州才用得上它们。其实途经山路的时候,周围的气温很低。即便如此,那里的空气也是清新扑鼻,令人爽朗的。并且哈格蒂还说,整趟旅途绝对是令人愉悦而享受不已的。"

"哈格蒂是谁?"帕琪问道。

"一个吹牛大王。"少校脱口而出。

"他是一个我们在城中时常会碰见的好朋友。"约翰说道,"哈格蒂是董事会的成员,掌管着一两家银行,很受大家的尊敬。但是少校……少校这趟去加州就是想证明哈格蒂所说的不是真相。"和善的约翰没有提及任何一句带有攻击性的指责。

"约翰，我知道我拿你那荒谬的旅行计划没什么办法了，所以我们会勉为其难顺从你的心意，尽量和你一起享受这趟旅程。但是我心里还是很确定，这一切都是一个不可救药的错误。哈格蒂还和你说什么了？"

"他说我们最好是能在丹佛找个司机，开着汽车带我们旅行，而不是从这儿坐船去。有各种各样的汽车供我们挑选，而且司机也都是对路况了如指掌的人。"

"这个做法真是太明智了，"帕琪说道，"这样一来我们就不用白白浪费时间，等着轮船被其他货物装满再把我们的车运走了。约翰舅舅，我认为我在下周二前就能准备好了。"

"什么！明天是周六了！"少校倒吸一口气，"生意……"

"别再想什么生意上的事儿啦，"他的老哥说道，"你要明白，你必须得借着这个机会把这些事儿抛在脑后，不然的话你就永远摆脱不了它们的束缚。况且这是我的生意，我特此授权你，从现在这一刻起直到我们回来那天，就当生意上的事儿不存在。等到我们回来的时候，你再重新照看起那些琐碎的事儿，只要你愿意的话，你想多上心都没人拦着你。"

"我们真的还会回来吗？"少校一脸怀疑地问道。

"要是我们不回来了，生意也算不上什么大事儿。"

"就是这样。"帕琪激动地赞同道，"舅舅，老爸这一整个夏天都为工作上的事情忙得焦头烂额，全都是因为要照看你那些烦人的生意，我觉得一个轻松的假期对他而言实在是再好不过的了。"

道尔少校叹了口气。

"我是不相信这趟旅行会有什么好处,"他说道,"但如果你们都坚持要去的话,我当然还是会奉陪的。要开着一辆小汽车翻过落基山脉,越过美洲大沙漠,这听上去可不怎么令人向往,但是……"

"哈格蒂说……"

"别管哈格蒂了。咱们要走自己的路。"

"总之,"帕琪说道,"这趟旅行最后等待我们的会是鸟语花香,这一点就足以弥补我们前往到那里一路上的各种烦心事儿了。"

"宝贝儿,你是打算欺骗我——欺骗你上了年纪的老爸吗?"少校望着帕琪,颤颤巍巍地说出这一番话来,"如果是坐在一辆小汽车里日夜奔波前往到加州的话,你是体会不到什么所谓的开心快乐的。在那种环境下,即便最后是阳光和鲜花也抚慰不了你疲惫的心。但是只要一有冒险的机会——一有陷入麻烦并要挣扎着摆脱这些麻烦的机会——你和你那老顽童的舅舅就会二话不说地跳进这个坑里。我很了解你俩,所以这就是我为什么选择陪你们坐汽车而不是像所有体面的人一样,选择其他轻便快捷的交通工具的真正原因。"

"你可真会骗人,"梅里克反驳道,"要是我让你坐火车的话你照样不会愿意。"

"不,"少校承认道,"我一定会站在一旁,在你和帕琪因争执大打出手的时候提供救援。"

第三章　梅特尔·迪恩

"我们三个小时就能到丹佛,火车现在大概已经走了一个多小时的车程了。"贝丝·德·格拉夫说道,此时,她正在车站的站台轻快地踱着步,一辆等待被获准运行的列车正静静地停在车站里。

"快要下雪了。"帕特丽夏·道尔站在她身旁补充道,"我很担心我们的自驾游之旅会因这种恶劣的天气而不怎么顺利。"

"舅舅可一点儿都不担心,"贝丝说道,"他相信丹佛的西部有享受不完的明媚阳光。"

"是的,是一个叫哈格蒂的人告诉他这些的。但是你有没有注意到,我老爸看上去可一点儿都不相信他的话。不管怎样,我们马上就会知晓真相了。贝丝,这次旅行有如发现之旅一样,让人期待又着迷。最吸引人的是你不会知道接下来的每一个瞬间都会发生什么有意思的事情。"

"同舅舅一起的旅行,"贝丝笑着回应道,"前途总是充满了未知。这就是为什么只要他邀请我同他一起出行,我一定会二话不说就应允他的原因。"

站台成了一片人声鼎沸的海洋——乏于长时间铁路之旅的乘客们纷纷走出车厢舒展自己的四肢——一脸羡慕地望着这两个女孩儿。贝丝是个公认的美女,一家学会期刊最近宣称在大都市中很少能有和她并称的美女。栗褐色的长发倾泻而下;深邃的眼眸流露出坚定的目光;曼妙的身姿配以白皙的肤色,让人实在费解为何她会如此完美。稳健的步伐轻盈而不失优雅;风姿绰约却也不乏端庄大方。帕琪常用"其貌不扬"这个词来形容自己,但她那明亮有神的蓝色双眼总是闪烁着诙谐快乐的光芒,因此她总是能比她沉稳漂亮的表妹吸引到更多人的注意。无论她身在何处，都能很轻松地结交一大帮的朋友。

"你瞧！"她抓住贝丝的胳膊说道，"窗户旁边又是那个可爱的小女孩儿。从这火车驶离芝加哥起我就开始注意她了，她始终坐在硬卧车厢的同一个座位上。我一直都在好奇她为什么不出去走动走动，呼吸一下新鲜空气。"

贝丝抬起头来望向那个有着一张娃娃脸的女孩儿，她此时正一脸希冀地望着窗外。这个陌生的小女孩儿看起来非常年轻——可能也就十四、五岁的样子。她穿了一件很粗糙的毛边儿编织外套，虽然质地不佳但却整洁得体。黑眼圈围住了那双温和甜美的眼眸，由此可见她不是因为身体劳累过度就是精神状态不佳。虽然那嘴角微微上扬，但那笑容却掺杂着一抹苍白和倔强。她显然注意到了约翰的这两个外甥女，因为从她俩迈出车厢在站台走来走去的时候，她的目光就一直停留在她们身上。当帕琪抬起头向她点头示意时，一抹红晕显现在她的脸蛋儿上，她赶忙也冲帕琪点了点头。

随着一声"上车啦！"的喊声，嘈杂的人群又一窝蜂地涌进了车厢，贝丝和帕琪也回到了她们的车厢内。约翰和少校还在专心致志地玩儿着那无休无止的克里比奇牌。

"咱们去和那个女孩聊聊吧。"帕琪建议道，"不知道为什么，我总觉得那个可怜的小姑娘看上去无依无靠的，看似愉悦的笑容里忧伤的成分好像更多。"

于是她们穿过了长长的火车来到了硬卧车厢，在这找到了那个她们想找的女孩。周围位子上坐着的旅客，很多是外籍劳工带着老婆和孩子。密闭的车厢里空气变得很"闷"，乘客们似乎也不在乎他们的习惯是否得体，着装是否整齐了。于是这个孤独的女孩就如一朵绽放在谷仓前的玫瑰花一样,她的两个访客为她感到可惜。她坐在角落里,疲惫地背靠着藤椅,腿上盖着一条毛毯。说来也奇怪,同行的乘客竟很体贴地给女孩留了一个完整的双人座。

"她可能是病了。"帕琪想。她和贝丝在对面坐下,和这个女孩开始聊起天来。女孩很真诚也很健谈,没多久她们就知道了女孩叫梅特尔·迪恩,是个孤儿。尽管女孩才十五岁,但是为了生计,她已经在芝加哥的一个制裙厂工作两年多了,还得定期给她年迈的姑妈交饭钱,那是她在这所大城市唯一的亲人。然而,三个月前,女孩出了一场车祸,上班的路上被一辆汽车撞倒了,伤得很严重。

"医生说,"她向她的两个新朋友倾诉着,"我永远都得是一个瘸子,尽管还是有希望的。确实,当我不得不走的时候,我可以一点儿一点儿慢慢地走,我应该会一天天的好起来的。可我一侧的髋骨伤得太严重了,永远不能再像以前那样了,玛莎姑姑都快吓死了,就怕我成为她的负担。我也不能怪她,她确实也没什么钱,养活自己都难。所以,当撞伤我的那个男人赔给我们一百块作为⋯⋯"

"只赔一百块!"贝丝惊讶地叫了出来。

"不够吗?"梅特尔天真地问道。

"肯定不够,"帕琪立即愤怒地接话道,"他至少也得给你五千块。亲爱的朋友,你没意识到这场车祸可能令你今后都没法工作养活自己了吗?"

"我可以做缝纫工作,"女孩勇敢地回答道,"尽管我不可能很容易就找到工作。"

"但是为什么你要离开芝加哥呢?"贝丝问。

"我接着就讲到那部分了。当我拿到这一百块的时候,玛莎姑姑决定让我用这些钱到莱德维尔找我的安森舅舅,他是我妈妈唯一的兄弟。他是那儿的一名矿工,玛莎姑姑说他有能力照顾我。所以她帮我买了票,把我送上火车,我现在就在去莱德维尔寻找舅舅的路上。"

"去——寻——找——他!"帕琪大叫道,"你不知道他的地址吗?"

"不知道,我们已经两年没同他通信了。但是姑姑说他是一个杰出的人,生活在莱德维尔的人都知道他,那是一个很小的地方。"

"那他知道你要来吗?"贝丝体贴地问道

"我出发前的两天,姑姑给他写了一封信,所以他应该会在我到那的前两天收到信。"梅特尔有点不安地回答说,"我确实也很担心,因为如果我找不到舅舅,我也不知道接下来该怎么办。"

"你有钱吗?"贝丝问。

"有点儿。大概三百块。姑姑给了我一篮子食物,能维持我到莱德维尔,付完票钱和欠她的饭钱,就没剩下多少了。"

"真是个残忍的老太婆!"帕琪气愤地说道,"她应该被马鞭子抽!"

"她这么无情地抛弃你是不对的。"贝丝适时地附和道。

"她没那么坏。"梅特尔说,她的眼睛开始泛红,"但是姑姑确实有点自私,也不怎么照顾我。我希望舅舅不会这样。他是我妈妈的哥哥,你知道的,姑姑只是我爸爸的姐姐，况且还只是个生活艰难的老女仆。也许，"她补充说，"舅舅会好好地疼爱我——尽管我没那么强壮没那么好。"

帕琪和贝丝都为女孩感到非常惋惜。

"安森舅舅有其他的名字吗？"贝丝问。她是约翰的外甥女中更实际、头脑更清晰的那个。

"琼斯。安森·琼斯先生。"

"相当普通的名字。"贝丝看了看她，沉思着，"他在莱特维尔住了很久吗？"

"我不知道。"梅特尔回答说，"两年前最后的那封信证实他在莱特维尔，他说他已经很成功了，而且赚到了很多钱。但我知道，他也在其他的采矿营地工作，他已经在西部闯荡很多年了。"

"假设他现在正在闯荡的话，"帕琪建议说，但一看到梅特尔脸上惊慌的表情，她便很快转换了话题，"亲爱的朋友，你一定得来和我们一起吃晚餐，你离开芝加哥以后就只吃了冷冰冰的饭。他们说到丹佛还要一个小时，但我不太相信。不管怎么样，这足够一起吃顿晚饭了。

"哦，我不能走，真的！"女孩喊道，"这……这对我来讲太难了，火车在运行，我很难移动。并……并且……在亮丽奢华的餐车用餐我会感到不舒服。"

"好吧，无论如何我们必须得走了，否则少校会发脾气的。"帕琪说，"再见了，梅特尔，我们下车前会再来看你的。"

两个女孩走回她们所在车厢的时候，贝丝和帕琪说："我恐怕那个可怜的小姑娘到了莱德威尔之后会大失所望。你想想看，她一个受了伤又无助的孩子，去了也是徒劳无用的！"

"我不敢想象，如果没有舅舅的照顾，身上只有三百块的她会怎么样，"帕琪又说道，"我从未听过像玛莎姑姑那样残忍无情的人，贝丝。我希望世界上没有太多像她那样的人存在。"

晚餐的时候，她们安排了餐车的领班给梅特尔·迪恩送来了丰盛的一餐，还冒着热气呢。食物送过去之前，帕琪还亲自进行了盘点，以确保食物都是已经买过单的。她们把梅特尔·迪恩的故事告诉约翰舅舅以满足他的好奇心。和蔼可亲的约翰开始深思，他认同她们的观点，送那样可怜的小女孩去一个陌生的城市，找寻一个两年没通过信的舅舅是一件残忍的事情。

当火车缓缓地驶入丹佛站，约翰·梅里克一行人最在意的就是照顾这个跛脚女孩，他们找了一个行李搬运工协助女孩进了候车室。接着约翰去问询下一班到莱德威尔的火车，得知由于火车晚点当天已不再有班次，火车得明早才出发。这对可怜的梅特尔来说真是雪上加霜，但她还是坚强地笑着说："我能在椅子上舒服地过一晚，所以请不要为我担心了。你看，这里很暖和，我一点儿也不介意熬夜。非常感谢你们的好意，我会在这待一夜，一点儿也不害怕，再见了。"

约翰站在一旁亲切地看着她。

"你预定汽车了吗，少校？"舅舅问道。

"嗯，有一辆正在候着。"少校答道。

"好极了。那么现在，小可爱，让我们用小毯子把你包得严严实实暖暖和和的。"

"你要做什么？"梅特尔问道，表情很震惊。

"把你抱出来。外面天寒地冻大雪纷飞,所以我们得把你包的严实点儿。现在,少校,抓住另一边。走!"

帕琪笑了,貌似在表示同情,而梅特尔脸上则充满了困惑和慌张。约翰和少校小心翼翼地把她抱到了车的后座上。帕琪也钻了进去坐在了旁边,曼伯斯稳稳地躺在了她的臂弯里,小家伙刚刚一直待在行李车车厢里。贝丝和少校接着也进到了车里,而约翰舅舅则坐在了副驾驶的位子,指挥司机开往皇冠王宫大酒店。

夜幕降临时,他们到了旅店,本该是富丽堂皇店如其名的,却不想现在已光鲜不再低俗媚丽,不过却十分舒适。这一行人最关注的是梅特尔·迪恩能在一间舒适的屋子里安顿下来,炉火能温暖她那颗已冰冷的心。帕琪和贝丝住在与她相邻的房间,这样能随时保持联系,突如其来的幸运使她震惊困惑,以至于她不知道要说什么,本该笑却更想要哭。

晚上的时候约翰在电报亭内忙个不停。他往莱德威尔的安森·琼斯、警察局长和几家宾馆发了几封电报。午夜前,最后一封电报得到回复,他得知安森·琼斯早在五个月前已经离开了莱德威尔,他现在所在何处无人知晓。获悉这些事实后,这个身材矮胖的男人便上床安稳的睡去,直到天亮。

梅特尔拜托他们五点的时候叫醒她,这样她应该能有足够的时间到候车厅去等车,但是没有人叫醒她。因为这次旅行,这个可怜的小姑娘实在是太疲倦了,以至于在黎明后她依然在这柔软的床上睡了很久。

最终帕琪唤醒了她,拉开了窗帘,阳光顺势进入了房间,洒在了梅特尔的床边,帕琪轻抚着她那美丽的秀发,告诉她快要中午了。

"啊，我的火车！"女孩哀嚎道，十分的沮丧。

"哦，火车几个小时之前已经开走了，不过不用担心，亲爱的朋友。舅舅往莱德威尔发了电报，得知安森·琼斯现在不在那儿了。他几个月前就离开了，现在正在闲逛，不知道在哪儿的农田还是牧场呢。"

梅特尔从床上坐了起来，生气地看着帕琪。

"离开了！"她说，"离开了！那我接下来该怎么做？"

"朋友，我真不敢想象。"帕琪接着道，"你有什么想法？"

女孩似乎很茫然，一段时间内都没能回答。

"你必须得想想这件事，"帕琪给她的新朋友提了一个建议，"因为当你到了莱德威尔的时候，安森·琼斯已经不在那儿了。"

"我不敢想。"梅特尔低声回答道，语气听起来很害怕，"我曾经问过姑姑，万一我找不到舅舅该怎么办，她说我一定会找到他，不然我就得自己挣钱养活自己了。"

"即使她知道你是如此的无助！"

"她知道我有缝纫的技术，我能找到工作做。"女孩淡淡的说道，"我不是真的残废了，我正在一天天康复。姑姑说我在丹佛或是莱德威尔会和在芝加哥过得一样好，她还要我答应她，如果我过得不好，也不能让任何慈善机构把我再送回她的身边。"

"也就是说，"帕琪既惊讶又愤怒，"她想要甩掉你，根本不在乎你会怎么样。"

"她怕我花她的钱。"这个可怜的孩子承认道，感到羞耻，意志消沉地垂下了头。

帕琪走到了窗边往外望了一会儿。梅特尔开始穿衣服。就像她说的，她并不是完全的无助，她的上半身能自如地活动，她能拄着椅子或是扶着别的家具慢慢地走上大约房间的长度。

"让你担心我了。"她说，脸上很艰难地扮出了一个微笑，"每当我记起你是如此的善良，为我做了这么多，我都感觉自己很忘恩负义。我和你共处的这段时间就像梦一般。我会好好珍藏这段回忆，直到很久很久。很快就会有去莱德威尔的火车了，我会搭乘那一班火车。我收拾好了就去候车厅等车。"

帕琪反射性地看向她。这个可怜的姑娘在解决一个奇怪的问题——一个可能老练的人都会困惑的问题。

"告诉我，"她说，"你为什么一定得去莱德威尔，即使在那儿你既没有朋友也没有亲戚能照顾你？"

"我的车票是到莱德威尔的，你看。"梅特尔回答说，"如果我不去，这张票就浪费了。"

帕琪笑出了声。

"你真是个十足天真的孩子，"帕琪边说着边灵巧地帮梅特尔穿好了衣服，"现在你最需要的就是有一个能命令你、告诉你下一步该干什么的人。所以，暂时你就别自己瞎想了，让我们替你想。来来来，坐在靠窗的椅子上。你想和曼伯斯一起玩吗？好啦，现在开始好好欣赏窗外的风景吧，等着我回来。你看马路对面有个男人正在洗窗户，你好好看着他有没有好好工作。"

之后她便到约翰的客厅去商议事情了。她进去的时候道尔少校正在说话，语气听起来冰冰冷冷还有点儿讽刺的味道。

"室外温度只有零上六度，"他说，"楼下的店员说路上的积雪已经九尺深了，狂风凌凛能把铁棍砍成两半。如果你开车去加州，约翰，你一定得给车装上防滑链和蒸汽加热设备。"

约翰舅舅双手深插在口袋里，来回在房里踱步深思。

"哈格蒂说……"

"你还不了解哈格蒂的为人吗？"少校质问道，"如果你想要安全，就不能听哈格蒂说的，得和他反着来。"

"他是个正直的好伙伴。"梅里克反驳道，"大家都认为他是一个正直可靠的人。"

"但这件事之后呢？"

"你不能因为这的天气原因而责怪他，我自己也和丹佛的朋友通过话，而且就在今天早上，他们都说今年这个时候这么冷是不同寻常的。当地人都说，过去六年内还未如此的冷过。"

"他们都叫哈格蒂吗？"少校轻蔑地回答道。

"如果你能平心静气地听我讲哈格蒂说过的话，"约翰简要地说，"我会考虑你的建议。"

"接着讲，然后呢？"

"哈格蒂说假如我们在丹佛遇上了寒冷的天气，这是有可能的……"

"十分可能！"

"那么我们最好往南走，到圣达菲，然后沿着圣菲贸易通道走，直到阿尔伯克基，或者一直走到厄尔巴索。无论哪条路，总有一条是好天气，去加州的道路也十分通畅。"

"所以呢？"

"显而易见，"梅里克接着说，"南边的路线能避开恶劣的天气。所以我决定采用那个方案。"

"舅舅你真是太明智了。"抢在她老爸可能会反对之前，帕琪赶紧插话道。

"那些奇怪的西班牙人名字听起来真有趣。"贝丝说，"舅舅，我们什么时候出发？"

"今天或是明天。我在这儿有些事还要处理，可能会耽搁一两天。但是一旦我们出发了，那么前面将是平坦无阻的大道。"

"除非我们遇上更大的暴风雪。"当然这么煞风景的话也只能出自少校之口。他刻意无视约翰回答帕琪的话，说："今早梅特尔·迪恩的状态怎么样？"

"她在休息，看起来开心多了，但当她听到安森舅舅从莱德威尔消失不见的消息时非常的难过。还有，她还想乘坐下一班火车继续她的旅途，因为她觉得已经花钱买票了，不能浪费。"

"这孩子就是因为这个原因才坚持去莱德威尔的，真是有意思。采矿营地可不是这么脆弱的姑娘该去的地方。"梅里克说道，"帕琪，你有什么建议？"

"唉，舅舅，我可不知道该怎么办。"

"她肯定不能以缝纫谋生，"贝丝表明了自己的看法，"她需要的是专业的护理和贴心的照顾。"

"我会请一个医生照看她。"约翰坚定地说。通常他都是个和蔼的人，但当他决定要做一件事的时候，任谁也不能说服他。实际上，少校也知道这点。但这个老军人就是喜欢为了争辩而争辩，也总习惯同他富有的老哥对着干——没有任何恶意——他宁可接受失败也不愿心甘情愿地认同梅里克的行动。

第四章 一个有趣的小病号

院方安排了一位年轻的医生接诊，约翰和他说明了情况，把他带到了梅特尔的房间进行了彻底的诊疗。经诊断，女孩的现状主要是由于伤口当时没有处理妥当造成的。如果当时接受了专业的治疗，她应该很快会好起来，只有用专业的技法将错位的髋关节复位才能让她摆脱跛脚的痛苦。

"眼下她最需要的是，"医生接着说，"一副拐杖，这样她能尽可能地到处走走，呼吸呼吸新鲜空气，晒晒温暖的阳光。她现在是一个极其脆弱的小女孩，在做手术之前，她得先身体健康精力充沛才行。然后，如果处理妥当，她应该能完全康复，甚至比以前还好。"

"不过有件事我必须得告诉你，"约翰说，"梅特尔·迪恩只是一个无家可归的孩子，我外甥女们在火车上捡到了她。我确信她既没有朋友也没有钱。基于这种情况，你有什么建议？"

医生沉重地摇了摇头。

"可怜的小家伙！"他说，"在这个节骨眼上，她应该足够富有才能面对她目前的状况，而不是穷。手术是要花很多钱的，这孩子必须去一些慈善机构或是消耗掉她微弱的力量挣到足够的钱来养活自己。她看起来天性勇敢，心灵美丽。先生，如果再接受良好教育和细心的照顾，她将来会是个优秀的女性。但是这个世界上总是有很多可怜的人，我自己也只是勉强果腹，梅里克先生。不过这个孩子和我有缘，你走之后，我会竭尽全力帮助她。"

"太感谢您了。"约翰边说边点了点他的光头，若有所思,"我会在离开之前慎重地想一想,然后再去拜访您。"

一个小时之后,梅特尔配上了合适的拐杖,对于他们的帮助她感到万分高兴。

少校是个善良的男人,他决定载着梅特尔出去透透风。他们走了以后,约翰和贝丝、帕琪进行了一次促膝长谈。

"现在的情况是这样的,"他说,"我的钱应该做好事,所以我想帮助梅特尔·迪恩,我相信她也值得接受我的资助。但我不知道应该怎么做,亲爱的孩子们,她是你们带回来的,我想把事情交给你们亲自来解决。只要告诉我要做什么,我就会去做,花多少钱来帮助梅特尔都随你们的意。"

女孩们顿时对"解决问题"热情高涨。

"她是个可爱的小姑娘,"帕琪说道,"对任何的善意都充满感恩的心。我确信她那个铁石心肠的老姑姑从未好好待她。"

"就我的经验来看,"贝丝的语气仿佛她经历了很多事一样,"我从未见过如此孤独无助的女孩。她那么年轻并且涉世未深,没有朋友,也没有钱,还受了重伤,很明显,我们应该为梅特尔做点什么。且不说人道义务,虽然我们只认识了一天,我觉得我已经爱上了这个女孩。"

"我承认这点,贝丝,"话被约翰打断,"不过你没有回答我的问题,我们能为梅特尔做些什么?如何才能更好地帮助她?"

"为何不带着她和我们一起去加州?"帕琪灵感乍现,"沐浴在加州的阳光和玫瑰之中,几周后她一定能成为全新的自己。"

"她能长途跋涉吗?"贝丝对此充满疑惑。

"为什么不呢？新鲜的空气正是她需要的。你能搞到一辆大房车，对吧舅舅？"

"我买了一辆七座的'独裁者'，有足够的空间留给梅特尔。"他说。

"天哪，棒极了！你是怎么一下子就找到这么棒的东西的？"帕琪惊讶万分。

"我今天一大早去买的，你还没起床呢。"梅里克笑着回答，"是一辆很棒的车，我一眼就相中了。组装好了就能用了。"

"组装？"

"是的，我一直有一个想法，想要打造一个移动旅馆。如果我们打算穿越草原，翻越山岭，横穿沙漠等诸如此类的地方，我们必须得能应对突发事件。我还请了一位口碑很好的司机师傅，他知道我们接下来的路线，能处理所有意外，经验十足，他叫万普斯。"

"不过关于梅特尔，"贝丝说，"长路漫漫，我们能保证她一路平安吗？"

"当然，"约翰肯定地回答道，"宝贝们，我们不会日夜兼程地赶路，只要我们离开了这冰天雪地的城市，就可以按自己的时间分段前进。我的想法是这一路上我们将会非常开心，甚至会比我们到了加州都开心。"

"梅特尔还没有合身的衣服。"帕琪突然想到。

"贝丝，等舅舅的车搞定后，我们来帮她买。"

"舅舅，你确定我们明天就能出发吗？"贝丝问道。

"明天或是后天。'独裁者'没装备好之前，我们不能出发。"

"哦，那车还不能用吗？"

"暂时不行。我们得先搭往南走的火车到圣达菲，也可能是阿尔伯克基。我约了万普斯在那见。等我们到了一个天气好的地方，我们的长途之旅就将展开，在那之前可不行。"

"这样的话，"帕琪说，"那我们就有信心把梅特尔打扮得漂漂亮亮的。"

就在这个时候，万普斯先生到了。在约翰和司机师傅协商事情的时候，两个女孩回到房间，一边商量梅特尔·迪恩的衣服和装备，一边等待兜风女孩的归来。

"别人说，"梅里克说道，"你是个经验十足的司机。"

"我可是业界名人，"万普斯先生说，"不仅仅是一名司机，更可以说是汽车专家。"

他个子不高而且非常瘦，胳膊长腿短。没有太多表情的脸上镶着一对浅灰色的眼睛，留着浅茶色的短头发。大大的嘴巴说起话来很逗趣，下巴又长又宽，长了一副大耳朵和头呈直角。他的颧骨又高又突出，活像一个印第安人。经约翰严格的考查后，他还被询问了国籍。

"我出生在加拿大的魁北克省。"他回答道，"我的父亲是一名矿坑通风口管理员，我的母亲是印第安人，所以我是美国人，先生。我的名字太多人知道，我对汽车的了解就像老子了解儿子一样。"说到这他停了一下，加重语气说道："这就是我——万普斯！"

"驾驶过'独裁者'吗？"梅里克问道。

"'独裁者吗？我能闭着眼把它拆了，然后再组装起来。"

"你试过从陆路去加州吗？"

"三次。"

"所以你知道怎么走？"

"天黑了照样走。"

"棒极了，万普斯，你就是我要找的那个人，因为我要坐着'独裁者'去加州，从圣菲贸易通道走和……和……"

"没问题的，放心。我们就这么走。这就是我……"

"我知道了。那你现在告诉我：如果我雇你，你能否听从我的安排并且小心开车？我们一行人中有两个小女孩——不，是三个，实际上，从你答应我来开车的时候，我就希望你能用你的技术和智慧照管并带领我们。你愿意这么做吗？"

这个男人似乎对这个提问有点生气。

"当你拥有了万普斯，你还需要别的吗？"他问道，"可能你没听说过万普斯。你从遥远的东部过来。这样吧，你出去打听打听开车的人，随便哪一个都行，等你打听好了放心了，我再来。"

他起身要走，梅里克拦住了他。

"别人强烈推荐了你，"他说，"但你不能要求我对你的看法像你自我评价那么高，至少得让我更多地了解你才行。你愿意接受这份工作吗？"

"是的，眼下正是我的空档期。我是专业的汽车人。这就是我万普斯。但是也许你想找一个便宜一点儿的人，我要价可是很高哦。"

"你要多少钱？"

"一个星期50块，包吃包住。"

"我不和你讲价。来，和我到车库来，我给你看看我的车，和你讲讲它是怎么改装的。"

尽管所有的汽车人似乎都非常尊重万普斯，对此梅里克却没有忽视对其进行适当的了解。在当地，他确实是业界'名人'，约翰舅舅在各方面都很放心交给他来做，能得到如万普斯这般机智又经验丰富的司机是一件幸运的事。

"他似乎是为机械而生，"有人说，"他能完美地解决任何关于车的问题。这老兄唯一的问题就是有点自负。"

"我已经发现这一点了。"梅里克回答道。

"还有一点，"一位绅士说道，"你也不能全信万普斯说的。他有幻想的习惯，不过他确实是个可靠诚实的人，我想，他应该是你在丹佛甚至整个西部地区能找到的最出色的汽车人了。"

最终万普斯接下了这个活。

体型魁梧的少校带着梅特尔兜风回来了，并将其护送上电梯，女孩很开心地用上了她的新拐。帕琪和贝丝见到了她，并告知她们有重大的消息和她讲。直到她进了屋子，舒舒服服地坐在椅子上，用不安的眼神看着她们的时候，两个女孩才告诉这个无家可归的孩子有一份好运在等着她。

"我舅舅，"帕琪宣布说，"邀请你和我们一起去加州。"

梅特尔盯着她俩看了一会儿，仿佛正在努力地试着明白她们在讲什么。小小的曼伯斯，坐在椅子的一边，歪着头，突然一个激灵跳到了梅特尔的怀里，边舔她的下巴边摇它那短小的尾巴，仿佛也在邀请她加入。女孩抚摸着它柔软的毛，眼睛开始泛红，渐渐地充满了泪水。

"哦，你们对我真的是太好了！"她呜咽着，没有了她往常的镇定。

"但是我不能走！真的，我不能走。"

"为什么呢？"贝丝笑着问。

"我会成为你们的——孵蛋！"可怜的梅特尔有时候会用错一些词，"我不能，我不能因为你们的心善和怜悯，就让一个瘸子成为你们快乐旅途中的累赘！"

"瞎说！"贝丝说，"你不是一个瘸子，亲爱的朋友，你只是行动不便。况且你很快就能像我们一样强壮了。我们已经向你发出邀请了，梅特尔，因为我们都很喜欢你，而且很快都会爱上你。我们很自私地想和你成为朋友，这根本不是怜悯，你千万别这么想。"

"我真的很高兴，"帕琪接着说，"你的安森舅舅离开了莱德威尔。如果他没离开，我们应该就放弃了。但现在不同了，我们想和你待在一起多久都行，只要你没有特别的事情打乱我们的计划。"

听了如此真挚的话语，小梅特尔也放弃了最后的怀疑，脸上绽放出了欣喜的光芒。确实，她一直紧紧地抱着不断扭动的曼伯斯，直到它不能忍受这种力量的宠爱，逃到了帕琪更柔和的怀抱。

梅特尔从未坐过汽车，坐在如此大的房车里，沿途的风景尽收眼底。传说中加州的玫瑰和阳光是那么的迷人，让这个远离欢声笑语、没有朋友、贫穷的女孩深深地向往。

贝丝姐妹将她们所有的计划解释给梅特尔听，并确认她会成为这段长途之旅——至少直到她能恢复精神和活力——的珍贵客人之后，她俩开始讨论她的衣着装备。这个可怜的孩子在承认缺衣少穿的时候脸都红透了。她所有的物件都装在一个小帆布"箱子"里，她缺很多必需品，她那个冷漠无情的姑姑说，一旦她在莱德威尔和安森舅舅住到了一起，他很可能会帮她置办的。约翰的外甥女们听着那个自私的老女人的盘算都快气炸了——帕琪说，把那么无助的一个孩子扔到那么远的西部去找一个行踪只能靠猜的舅舅，简直就是在犯罪。

当天下午，帕琪和贝丝便为梅特尔去置办了物品。不一会儿，大包小包的东西便到了她们新朋友的手里。梅特尔面对这些亮丽的新衣惊喜不已，几乎不敢相信自己的好运气。对她来说这简直和童话故事一样，她想象着自己是辛德瑞拉和两个年轻漂亮的仙女，既有着图纳图斯般的富有，又有着好女巫格林达的慷慨。夜里，通常这个时间她应该已入睡，可现在梅特尔从床上爬起来，打开电灯，对着她的宝物欣喜若狂。她甚至怕这些宝物会突然地消失，剩下她一个人像以前一样孤孤单单。

第二天早上，早餐刚结束，女孩们就拉着梅特尔出门购物去了，一会儿试鞋子，一会儿试手套，一会儿试长外套，这样她们就能很快地把她打扮好。帕琪还给她买了一套又软又漂亮的皮草，考虑到如果持续低温的话路上也许用得上，这让梅特尔幸福到极点了。

"最让我吃惊的是，"女孩气喘吁吁地说，经历了这么多的惊喜之后，她已经在试着把自己的呼吸放平稳，"你怎么能为我想到做这么多事情。当然我知道你很有钱，但我从未见过对穷人如此慷慨的有钱人。"

"曾经，"贝丝严肃地说，"我们自己也很穷，帕琪和我，在舅舅来之前，我们得自己努力工作养活自己。舅舅给了我们一部分钱，连同他的爱和同情。亲爱的朋友，所以这很正常,现在我们渴望与你分享我们的好运,因为我们有了更多可支配的钱,你愿意和我们做朋友,做伙伴吗?"

"我想是的,"梅特尔回答道,听到这样的解释她笑得很开心,"但是,哦,亲爱的朋友!我真的很开心你们找到了我!"

"我们也很开心,"帕琪说,"但是现在,午餐时间到啦,我们一上午都在买衣服。我敢肯定如果我们不快点赶回旅馆去,老爸一定会气得跳脚!"

第五章　车轮上的奇迹

当她们在约翰的客厅见到少校的时候,他并没有生气。他和蔼地看着眼前的三个女孩,欣慰地笑着,因为他喜欢梅特尔,支持为她所做的一切。

"当然,她就像帕琪一样。"那天早上他是这么和梅里克说的,"如果她肯努力,她一定会像一个甜心天使那样。贝丝也越来越喜欢她了。约翰,女孩们这是在做好事,去疼爱去照顾一些人。如果帕琪有一个失败的地方,那就是在那只皱得像一团破布的曼伯斯身上浪费了太多的感情,就在昨晚,我吃晚饭的时候,它还咬坏了一只我心爱的拖鞋。一只狗而已,它已经占用了女孩太多的时间,从现在开始,这只顽皮喜欢胡闹的曼伯斯必须得安安静静的。"

约翰大笑起来,因为他终于知道他的老弟为什么这么不喜欢这个可怜的曼伯斯了。

"你可千万注意点,别嫉妒梅特尔。"他说道,"你真是个自私的老家伙,你可别指望帕琪只爱你一个人。"

"为什么她不行?"他反问道,"有我这样爱她的爸爸,任何一个女儿都应该知足。"

"说到这,"约翰舅舅突然说,"你让我想到了万普斯。你应该趾高气扬的说:'看着我!这就是我——帕琪的老爸!'"

午餐的时候,少校说了好多事情。

"宝贝,你们怎么想的?"他问女孩们,"你们疯狂的舅舅构思了最疯狂的主意,真不知道他到底有没有脑子。"

"先生,你得有礼貌一点儿。"梅里克一边顽固地反驳，一边吃着他的沙拉。"但是我们也不能对一个有缺陷的士兵抱太多希望——况且还是个爱尔兰人——一个没能适应美好社会的人。"

道尔少校看着他的老哥，回以满意的微笑。

"说得好，约翰，"他说，"你在斗嘴方面有进步。最近你还会再加上这么几句话，我是这么的没文化不开化，在这俄勒冈的郊外不适合和富豪做伙伴。"

"到底什么事情啊？"帕琪已经没有耐心了，"舅舅到底构思了什么新想法？"

"首先，"少校说，"他买了一辆大如货车的汽车。接着他又雇了一个狂热的加拿大印第安司机，那司机体内流淌着一丝古怪的法国人的血，这人什么事情都能干得出来。这混血儿称呼自己是万普斯，从他的面相来看，他好像杀过很多人似的。"

"天呐，少校！"梅特尔惊叫道。

"司机都一个样，梅特尔肯定知道。姑且不说那些被压然后丢到路边的鸡啊，猫啊，狗啊，要是撞倒一个无辜的路人或是其他人可不是开玩笑的事情。我敢保证，不用等到他开出去五英里的路，咱们可爱的小曼伯斯就会变成狗肉饼。你说呢，帕琪？"

"老爸，你理智一点儿好不好。"

少校则对自己做的前期工作感到非常满意。"我有强烈的预感。这个万普斯一定是个喜欢追求速度的家伙。"

"别人可都说他是个细心的司机，"梅里克回道，"更何况他已经和我签约了，保证听我的安排。"

"那太好了，"贝丝说，"我不怕万普斯。还有什么事,少校?"

"接着,"帕琪的老爸继续说道,表情严肃地看着几张充满好奇的脸,"你们别出心裁的舅舅应该已经把汽车进行了改造,他认为自己比造汽车的人更聪明。他在车里放了一个炉子,你知道吗,那是一辆大型豪华汽车,全部封闭在玻璃里,就像我说的,它大到和一个仓库一样。"

"你说过那是一个货车。"细心的帕琪说道。

"没错。小型的仓库或是大型的货车。座椅可以展开当作床铺用,就算我们整夜被困住,我们也能享受宾馆级的待遇,只是没有行李员。"

"我来做行李员。"帕琪应允道。

"我们还会带一个便携式厨房,就像战时那样,一个汽油炉子全搞定。这东西放在后座底下应该刚刚好。"

"这一切,"贝丝感慨道,"都是明智的做法,舅舅真是个天才。你知道的,我是厨房小能手,厨房用具对我来讲很有吸引力的。不过我们的食物该怎么办?"

"食物正在准备着呢。"舅舅回答道,对于贝丝的赞美,舅舅回以亲切的微笑。然而少校却对约翰自认为很不错的各项准备嗤之以鼻。"罐头而已,我敢肯定,"少校不以为然的说道,"约翰·梅里克可多了一个弱点,因为他的钱都扔在这些瓶瓶罐罐身上。"

"这你就错了,"约翰回击道,"我只是把罐子化成了锡再挣钱。不过当这些罐子打开之后我们拿到的不是钱,而是更好的食物,比如沙丁鱼、碎玉米,保存完好的奶油和鱼子酱,豆子和无骨鸡。"

"听起来真是棒极了!"帕琪高兴地叫了起来,"不过，这么多东西你打算怎么带走？"

"这豪华汽车真的很大，就像少校说的，放一个活动底板进去都没问题，在那下面我可以安装上所有寝具，厨房用具和一顶小帐篷，还可以放足够的食物。这样不管遇到任何事情，我们都能应付。"

"我可有点怀疑，"少校反对道，"你得充分考虑到汽油的问题。能自给自足是最理想的，但如果汽油不够用了怎么办？"

"两个油桶能装六十加仑，这个量应该能撑到任何合理的距离。"约翰解释说。

"老爸，你瞧，舅舅真是一个经验十足的旅行家，你就不行。"帕琪说道，"以前一起旅行的时候我就发现舅舅总是有丰富的资源，而且非常有远见。我一点儿也不担心这次的旅行。"

"我也是。"贝丝随声附和，"有舅舅的筹划，这次的旅行一定会很开心。"

"万普斯，"约翰说，"对我的前期准备工作非常满意，他想现在就从这儿开始咱们的旅行。"

"你能把车上装上滑板吗，像雪橇那样？"少校问道，"这是通过雪地唯一的法子。或者也许你能雇一辆扫雪车在前面为我们开路。"

"不，我和万普斯说过，走积雪路段是行不通的。"约翰回答道，"我们要坐火车到阿尔伯克基，新汽车也用火车托运过去，那儿几乎就在丹佛的正南边。那个时候，我们将会翻过落基山脉路况最糟糕的山坡。"

"接下来我们要如何前进？"贝丝问道。

"我还没有决定。我们可以接着向南前进至德克萨斯州，或是往下走到凤凰城，然后穿过大草原到因皮里尔河谷，或是经由科罗拉多大峡谷，沿着圣达菲线路走。"

"哇哦，咱们就走那条线路吧！"帕琪激动地叫道。

"我就知道！"少校叹息道，"如果是哈格蒂推荐的旅行，我们一定会遇到麻烦的。"

"除了哈格蒂，万普斯对那也了如指掌。"约翰坚定地说。

"那你告诉我，万普斯是不是哈格蒂推荐的？"

"不是。"

"那就拜托给这个伙计了。就像你说的，约翰，在没到阿尔伯克基之前，不需要决定怎么走。我们什么时候能出发？"

"明天吧。汽车是明晚开始托运，我们白天就走，这样我们沿途就能观看到科罗拉多瀑布，派克斯峰和普韦布洛。"

第六章　万菩斯式的速度

"这里就是阿尔伯克基了。"当他们从火车下来时,帕琪·道尔注意到,"这像不像一个大镇子在和群山躲猫猫,舅舅,来这儿是明智的选择吗?"

"我的宝贝,这的确是个大城镇,绝大多数的房屋都背靠大草原。但幸运的是,我们住的地方就在候车厅附近。"

这是一座古典而具魅力的建筑,由砖块和水泥建成,颇具中世纪的风格,极其宽敞、舒适。

"在我看来,"梅特尔低声地和贝丝说,"我们正在山顶上,甚至还高的地方。"

"的确如此,"舅舅接着说,"我们就在科罗黎也大通道和大分水岭之间。不过山脉最陡峭的地方就在我们后方,现在斜坡平缓了,而且是往加州方向延伸。我的小宝贝,你觉得如何?"

"哇,群山好壮丽啊!"梅特尔大叫道,"我从未想象过如此的庞然大物竟会这般的雄伟和秀丽。"其他的两个女孩以前见过群山,但这是她们的朋友的初体验。一路上,她们已经感受到了梅特尔的太多欢乐。

临近旅馆的地方有一个集市,集市前的空地上蹲坐着两行莫哈维印第安人,其中多数是女子,毯子上散着一些待售的稀奇货品。这里得有二十个人,她们展示着奇特而又不易名状的陶制装饰品,玻璃珠穿成的手链,珠饰包包,少量的优质花瓶和篮子。女孩们进了旅馆的房间,把自己收拾好了以后就匆匆地出去和印第安人交流去了。梅特尔·迪恩挂着拐,帕琪和贝丝走在她的两边。这个跛脚的女孩立即引起了女人们的关注，一个女人给了她一条串珠项链，另一个女人则硬要塞给她一只褐色并布满白点的陶制小鸟。这只陶制小鸟可能是一只鹅，一只鸵鸟或是一只珍珠鸡，不过，梅特尔对它很满意。她对女人的慷慨表示感谢，女人不懂英语，只是咕哝了几句。一个头戴大宽边帽的男人懒洋洋地站在那，目睹了整件事，他说道："你可千万别谢这个老巫婆，她很自私。莫哈维人认为能被一个瘸子接受礼物是一件幸运的事情。"

梅特尔顿时羞赧万分。

"我猜拄着拐杖的我看起来比真正的我更无助，"前行时她是这样悄悄地对朋友们说的，"不过这样四处走走的时候这副拐杖确实帮了忙，对此我很感谢，我会渐渐好起来，然后彻底摆脱拐杖，不再是一个小瘸子。"

山里清新的空气令人神清气爽，但却一点儿也不冷。雪，就像约翰预计的那样，都在她们的后方。晚餐后她们在这个漂亮的镇子里四处走了走，等他们回来的时候天已经黑了。

阿尔伯克基的黄昏十分的短暂。

"这是一个非常古老的镇子，"约翰介绍说，"17世纪的时候，由一位名叫卡夫里略的西班牙冒险家建立的，要比美国的建国早很久。当然，火车通了之后，这才开始发展起来。"

第二天，当他们在旅馆前团坐的时候，一个男人神情不安地向他们慢慢走来。约翰仔细地看着他，曼伯斯从帕琪的腿上跳了下来冲到了陌生人的面前，异常激动地叫着。

"怎么了，这是万普斯啊，"梅里克说，"一定是车到了。"

万普斯搂起了这只小狗崽夹在了腋下,脱帽向他的雇主恭敬地鞠了一躬。

"我和'它'到齐了。"万普斯说道。

"万普斯,'它'是谁?"

"车。"

"你什么时候到的?"

"半个小时之前。车在旁边的铁路线上。"

"好极了。你真会掐时间,货运车也正好到了。让我们立刻出发去取车吧。"

万普斯犹犹豫豫,看上去很不安。

"我要被拘留了。"他说。

"拘留!为什么?"

"我追求速度。他们不喜欢。他们要逮捕我。我,是万普斯啊!"为了最后的自尊心他硬硬地挺直了他的小身板。

"我就知道会这样。"少校叹气道,"我第一次见到他就认定他是个喜欢追求速度的家伙。"

"但——哎呀!"约翰说,"那时候车还在运输车上,你怎么会因为超速被逮捕呢?"

万普斯扭过头去——两个铁路职工跟着他,现在正懒洋洋地靠在走廊的栏杆上。其中一个的右眼被绷带缠着,另一个的一只胳膊被吊着。两人死死地怒视着这个加拿大人。

"货运车开得实在是太慢了,"司机开始解释道,"我知道你急着用车,这货运车的速度让我很不安。我很有礼貌地和售票员说我们要开快一点儿,他笑了。我很有礼貌地和制动员说我们要开快一点儿,他骂我。我爬进了引擎室很有礼貌地和工程师说发动蒸汽机,他侮辱我。于是我就踹了他一脚然后亲自驾驶。我是万普斯啊，我懂所有的引擎。制动员骂我，骂得相当难听，所以我就把他从火车上扔了下去。售票员不得不把打碎的牙咽到肚子里，安静了下来。锅炉员只是边笑着边鸣笛，什么也没说，所以我和他是朋友。我说"添煤"，他就把煤铲到炉子里。我们迅速地过了很多站，他鸣笛的声音很大。所以现在我们到这了，我要被拘捕了。"

帕琪窃笑起来，用她的手帕捂住了嘴。约翰轻声地笑了，不过很快神情严肃了起来。少校走到了万普斯身边严肃地和他握了握手。

"作为一名司机，先生，你真是一个有勇气的人。"他说，"恭喜你，"

万普斯看上去仍然很不安。

"我要被拘捕了。"他又说了一遍。

约翰把铁路职工招呼到跟前来。

"事情真是这样吗？"他问道。

"大部分是真的，先生。"售票员回答道，"我们能活着到这真是受了上帝的眷顾。这个恶棍绑架了整个车组的工作人员，驾驶着火车潜逃。我们可能会遇到数十起的碰撞或是车祸，因为他把速度飙到了每小时六十英里！我们把火车分成了两部分，让一半的火车停在拉米，这样只有最后的六节车厢跟着跑，这儿的这部分本应该留在车站的。我解决不了，先生，这算是入室抢劫，铁路抢劫，纵火或是谋杀，或者是这全部的罪名；但我已经发电报报警了，直到接到警长下一步指示前，我会把他留在这。"

梅里克现在神情非常严肃。

"事态严重，"他说，"这个人是我雇来的，但我没雇他去偷火车或是和职员打架。但愿你们没有伤得很严重,先生。"

"我的眼睛伤得很重,"售票员咆哮道,"汤姆开始以为他的胳膊伤的很厉害,但我估计只是扭伤。"

"那个被扔下火车的制动员呢,他怎么样了?"

"哎呀,还好当时没有开得那么快,就在那个时候被扔了下去,没受伤。我们看到他爬了起来还向这个强盗挥拳头。如果让他再一次看见万普斯,他一定会杀了他。"

"跟我来一趟电报室吧,看看我能不能摆平。"梅里克说,语气很尖刻。一路上,他和售票员说:"我很抱歉让万普斯单独行动。他只是有点冲动,你知道的,有时候会做出不负责任的行为,"

售票员疑惑地挠了挠头。

"我怀疑他是个疯子,"他回答说,"这也是我为什么没伤害他。但如果他是个疯子,那他一定是我见过最淡定的疯子。"

当梅里克到电报室的时候,警长正接到指令要将罪犯押进监狱里,但电报信息来回花费了一个小时,这期间他们便达成了和解。富翁同意付给公司一笔可观的数额来赔偿损失以及弥补对车组人员的伤害。他成功地解决了这件事,只是又多了一笔开支。

"其实你不值得我这么做的,兄弟,"事情尘埃落定之后,梅里克对惭愧万分的万普斯说,"但是阿尔伯克基缺司机,我耽搁不起。既然你受雇于我,先生,你就决不能允许自己再犯那种错误!"

万普斯叹了一口气。

"绝不会了,"他答道,"我能不坐货运车吗?用快运把汽车运过去。我是万普斯啊,坐货运车会感到不安。"

汽车很快被卸了下来,万普斯立马开工让车子处于工作状态。大约日落的时候,他开着车去了旅馆,梅里克告诉女孩们准备好第二天早餐后就出发。

"我们走哪条路?"少校问道。

"今晚咱们和万普斯讨论一下再做决定。"约翰说。

"一定别把科罗拉多大峡谷落下!"帕琪恳求道。

"还有石林。"贝丝补充说,"我们能不能去参观一下莫基印第安人部落?"

"按照她们的路线走或许也很好,"少校说道,"但是她们选的路是我们要走的路吗?这是个问题。我们必须得考虑路况,然后走最佳路线。现在还在群山里呢,我们很快就会离开铁路,离开城镇。"

商议的内容逐渐落实到实际情况,根据万普斯所说的,暂时来说,最佳和最安全的那些路线是沿着圣达菲一路向西,这样女孩们便能够看到尽可能多的想要看到的风景。

"尽管山上没有林荫大道,"万普斯说,"但路况足以开车行进。慢慢地开会很安全。我闭着眼都可以从这开着'独裁者'去洛杉矶。"

有了这般保证,他们不得不感到满足,热切而又开心的一行人在第二天早上集结完毕后便开启了那期待已久的旅行。旅馆的老板看上去忧心忡忡的,沉闷地摇了摇头,预计他们一行人返回阿尔伯克基要二十四个小时。

"当然人们制定路线的时候总是喜欢从这到海边,"他说,"但有些人发誓他们不会再这么走了。这一路上既不舒服又不安全。"

"怎么会这样？"约翰问道。

"你们正在往荒凉野蛮的地方开，那里只居住着墨西哥人、印第安人，更糟糕的是还有成帮结伙的牛仔。路况很险恶。从这开始城镇分布很散乱，除了铁路站，你们可吃不上一顿像样的饭。考虑到这些，我建议你们冬天就把我这当作总部吧。"

"太感谢了，"梅里克亲切地回答道，"我们现在已经不能走回头路了，尽管我们可能会感到不安和恐慌，但我向你保证我们不会的。"

"旅途中我们不会贪图享乐，"帕琪说，"但还是谢谢你的提醒，先生。你的话给我们带来了很大的乐趣，如果前方没有值得冒险的事情等着，反而我们会大失所望。"

旅馆老板再一次摇了摇头。

"出发？"坐在驾驶室里的万普斯问道。

"走！"梅里克说，体型庞大的汽车缓缓地踏上了向黄金西海岸进发的旅行。

空气清新透彻，沁人心脾，却不会感到寒冷。

阳光为路边的风景披上了一层闪耀的外衣。豪华轿车的车窗都被摇下来了。

梅特尔·迪恩在宽阔的后车座安顿下来，舒舒服服的依偎在座位上。约翰坐在她旁边，贝丝和少校坐在前排。两个折叠椅以备曼伯斯那个小家伙窝在帕琪的腿上，不过貌似它已经克服了对万普斯厌恶的第一印象，并把这个司机划入它熟悉的圈子。甚至，他们很快地变成了最好的朋友。

离开城镇的时候，万普斯驶入了一条平滑的硬路面，靠近路基的地方以之字形前进。车子平稳轻快地疾驰了大约二十英里的时候,司机向右转行并掠过一个高原。高原看上去郁郁葱葱,沃土万顷,但几乎没有看到有居住的人家,尽管晴空万里视野开阔。

"爬过这座山就是去大陆分水岭的路了,"万普斯对帕琪说,"之后就是漫长的下山路了。"

"这没有看上去那么高,"女孩回答道,"路况也很棒。"

"我们在这段路争取时间,"司机看了看,"等遇到复杂路况的时候,我们就慢慢地开。"

少校仔细地观察着这位新司机,尽管他有不好的预感,但这男人看上去一点儿也不鲁莽,反而技术娴熟,行驶自如。于是他便把矛头指向了他的大舅子,问道:

"最终确定我们该走哪条线路了吗?"

"我已经交给万普斯和姑娘们决定了,"梅里克回答道,"考虑到我们的小病号,应该直达加利福尼亚,不过,这不是一段短暂的路。考虑到贝丝的提议,我们应该参观莫基和纳瓦霍人部落,考虑到帕琪的提议我们该经由亚利桑那的大峡谷。万普斯说他对这条路了如指掌,所以就我而言我还是乖乖的做一名游客。"

"我有说过我也要乖乖的做一名游客吗?"少校说,"那好吧,约翰,我愿意。前方可能会有障碍等着我们,不过今天是如此的美妙,就让我们忘记一切,享受现在。"

… 第七章　万普斯变了

第一天的旅行他们玩的很开心。万普斯没有开快车，因为有些地方的路况不允许。尽管如此，他们还是在一点之前抵达了拉古纳，从出发已经行进了六十英里。这儿有家很棒的铁路旅馆，他们决定在拉古纳休息一晚，第二天一早便继续行进。

对于当地人来说，这个大家伙可是一个新奇的玩意儿，整个下午，万普斯都是众人瞩目的焦点。站在车旁的梅特尔也十分显眼，约翰注意到她的眼睛里泛出了更闪亮的光芒，连那苍白的小脸上都飘上了两朵红晕。由于一大早便启程，三个女孩睡了一个下午，梅里克也是。火车站管理员，算是这个镇子里最重要的人物，通过和他闲聊，少校收集到了各种各样的信息，不过这些信息让少校看起来心情相当的沉郁。

"我不想渲染这条路有多么的危险，我想提醒大家的是，"男人补充道，"这些油漆工和那些印第安人虽然都长着无公害的脸，但有时候喜欢恶作剧。我建议大家一定对他们多留心。"

万普斯洗车的时候，一群安静殷勤的居民在盯着看，少校悄声地问道："你会用枪吗？"

万普斯摇了摇头。

"从来不碰那家伙。"他回答道，"只要是有把枪就会惹事，任何时候都可能会射中无辜的人。我不喜欢枪，为什么呢？我可是万普斯啊！"

少校皱着眉头走进了旅馆。

"那位伙计真是个胆小鬼，"他嘟哝着，"有麻烦的时候可没法指望他来帮忙。"

　　无论如何，那天夜里没有发生什么麻烦的事。第二天一大早，当天空慢慢地被初阳染红的时候，他们再一次开拨上路了，这时更贴近铁路前行，所以多石峡谷在眼前时隐时现。

　　由于走之字形线路，得行进九十英里才能到达盖洛普，不过他们还是轻松地到达了，尽管走的是越来越陡的山路。这就是著名的大陆分水岭了，大陆分水岭是一座山脊。

　　他们及时地来到了一个小城镇，在落基山脉的制高点，看到了曼妙的日落，尤其对于像梅特尔这样几乎没有旅行过的人来讲，此般风景是如此的令人印象深刻并心生敬畏。小镇上有一家麻雀虽小五脏俱全的旅馆。晚饭后，帕琪和贝丝外出散步，她们对皮肤黝黑的墨西哥人，以及更黑的印第安人产生了浓厚的兴趣，在这里印第安人占当地人口的很大一部分。这一行人不管走在哪里都会受到人们的尊重，尽管他们充满了好奇却很安静并且行为端正。约翰和少校正在旅馆门口大展政治争论，根本没有意识到两个女孩胳膊挽着胳膊越走越远。

　　尽管太阳已落，天空依旧被照得通红，柔和的光线为这些粗糙砖制的小屋和摇摇欲坠的民居披上了一件造型独特的外衣。忽然之间，贝丝和帕琪就走到了主街的尽头，她们站了片刻，看着附近岩石峭壁投下的阴影。一些山峰上还覆盖着白雪，空气中吹来了一丝丝的冷意，太阳的余温也已耗尽。不一会儿，女孩们转到了另一条街道上，这样她们能更快的回到旅馆。走了一小段路后，在一座荒凉的土砖建筑前，一个男人从墙影中走到了女孩们的面前。男人身穿一件红色法兰绒衬衫，头顶一个大大的墨西哥帽，帽子虽大却没能遮住他黑暗、邪恶的表情。

表姐妹俩突然停了下来。贝丝悄声说道："我们换一条路走吧。"但当她们正打算转身的时候，墨西哥男掏出了枪，用生涩的英语恶狠狠地威胁道："你们，站在原地，不要动，再动我就要开枪了。"

"你要干什么？"平稳心情后，贝丝问道。

"钱。你身上所有的钱和珠宝，赶紧给我，不然我就开枪！"

正当她们站在那犹豫的时候，一阵脚步声响起，有人从她们后面快速地走来。帕琪慌乱地四处张望，她看到了万普斯。身材瘦小的他走起路来还有点驼背，双手紧紧地插在裤子口袋里。嘴里还抽着一根雪茄烟的烟蒂，这是他下班后的习惯。

墨西哥男看到了他，但打量他瘦小的体型和温和的举止后，男人丝毫没有退缩的意思。一支枪依旧对准女孩们，他又从裤子后袋里掏出了另一把枪瞄准了万普斯。

"不准动！"他凶狠地叫道。

万普斯没有停止动作。他的眼睛死死地盯着强盗邪恶的嘴脸，嘴里叼着他的雪茄烟，双手插在口袋里刻意地走过帕琪和贝丝，径直地走到了枪口前。

"停！"墨西哥男吼道，然后又说了一遍，"停！"

当一把枪几乎抵住万普斯的鼻子而另一把顶住他身体的时候，他停了下来。他慢慢地将一只手从口袋里抽了出来，抓住了离自己最近的那把手枪的枪管。

"把枪拿开！"他语调平稳地说道。男人凝视着这个体型瘦小的司机的双眼，松开了那支他握住的枪。万普斯看了看枪，嘟哝着什么，把枪放在了他的口袋里。

"还有另一把枪。"他说。

那家伙往后退了退并半转了身体,作势要逃跑。

"不,别动!"万普斯命令道,看上去要发火了,"把枪给我。我是谁啊,万普斯啊!"

胆怯的墨西哥男子交出了另一把武器。

"现在,转过身去然后往旅馆走。"他命令道。

男人不敢违抗。万普斯转身对着女孩们,此刻她们不仅安心下来,甚至差点笑了出来,不以为然地说道:"别那么吓人,这个可怜的男人也没伤到我们,他只是吓唬我们罢了——可没胆量在这开枪。你,过来,我们和你一起回去。"

她们陪着他沿着巷子安静地走着,墨西哥男子走在前面,不时地回头望望,确认她们跟在后头。到旅馆的路很短,一路上万普斯吹着奇怪的口哨,强盗一直唯唯诺诺跟在他的旁边。他干脆把两把手枪给了那家伙,平静地说道:"往前走。"

墨西哥男迅速地往前走,很快,他便消失在了黄昏中。

"谢谢你,万普斯,"帕琪感激万分地说,"是你把我们从可怕的经历中救了出来。"

"哦,那个!"万普斯轻蔑的摇了摇他的手指,"他可不是一个合格的坏蛋,胆子太小。我没有枪,因为不喜欢。而且,如果我不来的话,他一定会强迫你们把钱和身上的小物件都给他。"

"你真是太善良了,"贝丝回答道,"我和帕琪一样都特别地感谢你。如果你没有及时赶到的话,我想我已经杀了那个男人了。"

"你?"万普斯怀疑地问道。

"是的。"说罢她便从夹克衫的口袋里掏出一把珍珠色手柄的枪,"我能打他,万普斯。"体型瘦小的司机呲牙咧嘴地笑了起来,接着脸色暗下来,摇了摇头。

"这可真是个滑稽的世界。"他说,"城里来的女孩曾一度吵吵着要看看枪,现在她口袋里居然揣了一把,竟然还敢开!很好,很好。但我还是喜欢以前那个只会尖叫的女孩,这样男人保护女孩的时候才不会像一个傻瓜一样。"

帕琪开心地笑了起来,但贝丝看出来他是生气了,赶忙说道:"我真的很感谢你,万普斯,我知道你是一个勇敢的男子汉。希望你能一直保护我们,我真的不想射杀任何一个人,尽管我觉得最好还是随身携带一把枪。从此以后,在我扣下扳机之前,我一定会看看你在不在我身边。"

"这样才对。"他说道,语气愉快了许多,"我可是万普斯啊。我一定会在,伊丽莎白小姐。"

第八章 印第安人

小梅特尔一天天变得开朗起来。她甚至开始嬉戏找乐，说话都变得幽默多了，展示出了迄今为止性格中没被发掘的新的一面。这个姑娘从未提及过她的伤，甚至别人问的时候她都不曾抱怨遭受过何种的痛苦。华丽的轿车翻山越岭进入如天堂般的西部的途中，她确实遭了不少罪。梅特尔在之前的生命中从未享受过远行，只在城里的公园玩过一两个小时；也从未知道会有朋友如此真诚地照顾她，同情她的不幸。因此这次的经历是如此的精妙绝伦，她敏感的心充满了感激之情。这些感受都是她不曾有的，周围奢华的环境让她学会了讲究的做事方法和镇定自若的行为举止。

"咱们的玫瑰花蕾正在绽放，一瓣又一瓣，开得越发的灿烂，"帕琪对富有同情心的约翰说道，"没有人能比她更甜美更可爱了。"

也许任何一个女孩，处在梅特尔·迪恩的境遇都会如此。确实这也要归功于约翰对这个可怜孩子的爱怜，少校的心也在第一眼看到这个受伤的女孩时便融化了。贝丝和帕琪更是将心思放在她们的新朋友身上，甚至曼伯斯最快乐的时光就是被梅特尔抱着、抚着。

自然而然，曾经的流浪儿直率地回应着这无尽的疼爱，努力让自己变得友善活泼，也尽可能地忘记她身体上的无可奈何。

曼伯斯可不是这一行人中最不重要的那个，它为所有人提供源源不断的欢乐。他们正在研究小狗易兴奋的天性，并引导它去侦察任何看上去可疑的东西，可它却是如此的胆小怯懦，曾经帕琪放下它去追不知是一只囊地鼠还是土拨鼠的动物，它竟然陷入了困境，最后还是夹着它的短尾巴撤退了。它能和万普斯成为朋友，这可真是出乎了所有人的预料。这个加拿大男人会很严肃地和狗对话，和它讲一些很长的故事，好像这个生物全部能听懂一样——也许它真能。曼伯斯坐在司机和帕琪中间，听得可入神了，这更激励了万普斯和帕琪不停地讲下去，直到帕琪转过身把毛茸茸的动物扔给梅特尔，她倒是乐意接受它。

帕琪也不总是坐在前座上。这份舒服劲儿是共有的，他们交替享受着——少校除外，他可不稀罕那个位置。虽然帕琪坐那儿的频率比任何人都高，不过因为她是第一个要求坐那儿的，所以有这个特权。

少校，在盖洛普事件之后，便不再像从前那样公然地蔑视万普斯了，但他仍对其保留一丝怀疑，认为那家伙骨子里就是一个胆小鬼、一个大话精。在其他人眼里，这个司机唯一的缺点就是他极其的自我主义。他总是把"我可是万普斯啊！"自豪地挂在嘴边，他会给所有人讲他过去经历过的精彩故事，在故事中他总是不害臊地扮演着英雄的角色。不可否认的是，他驾驶这辆大型旅游车的技术确实令人钦佩。一天下午，一个轮胎被路边的仙人掌刺破了——这也是他们发生的第一个事件——他更换新内胎的手法真是灵巧熟练令人称赞。

从盖洛普开始，他们便走马车道去纳瓦霍印第安部落的迪法恩斯堡，不过事实证明纳瓦霍人是没什么趣味的人，甚至都不会编制著名的纳瓦霍毯，现在绝大多数的毯子都是产自费城。实际上帕琪还非常渴望"亲眼在他们的地盘看到印第安土著"，不过他们的脏乱不堪和好吃懒做却着实令她感到失落,这一行人来到临近的莫基部落,结果也没好到哪去。然而,塞翁失马焉知非福,因为他们到达奥赖比的普韦布洛——也就是平顶山上最美村庄之一——的时候,恰逢他们举行独具特色的蛇舞的前夜,于是他们决定在此过夜并观看表演。

"蛇舞"为约翰能和当地人首领面谈提供了机会,蛇主祭祀和洛普主祭祀都会出席那场舞会。印第安人的英语讲得极好,而酋长又喜欢挣白人的钱,所以八月份都会举行庆典,这个传统已经延续了几百年——早在西班牙征服者们找到这个有趣的部落之前就存在。女孩们对于即将发生的事情激动万分,万普斯接到指令——今晚露营——他们将第一次在车里过夜而不是旅馆。

大型豪华轿车不仅内部非常宽敞,足够三个女孩睡觉,还有一个可以展开的帐篷,一端固定在车上,另一端拴在地上。

三张编线折叠床隐藏在车的活动底板下面,因为床足够三个姑娘睡,所以这些就给睡在帐篷里的男士们用了。两间"卧室"就这样准备就绪了,万普斯点着了小型汽油炉,帕琪和贝丝便可满怀热情地在上面烹饪晚餐。

贝丝想要做"纽堡酱"龙虾,并成功地用酱汁做出了美味的菜肴。这次简易的晚餐中有马铃薯片,咖啡和烤的荷兰脆饼干,所有人都吃得很开心。

他们的营地恰好驻扎在印第安村庄的郊外,但蛇舞会在离普韦布洛稍远的岩石峡谷中举行,所以约翰指示万普斯留下看管他们的装备,莫基人偷东西可是臭名昭著。他们离开后,体型瘦小的司机斜靠在他的驾驶座位上,抽了一根细长的雪茄，曼伯斯也沉闷地坐在他旁边。

梅特尔挂着她的拐在贝丝和帕琪中间跛步慢行着，她俩手里拿着玻璃灯罩做的小提灯，提灯里装着蜡烛。他们先拜访了酋长，威风凛凛的酋长一声令下，一个印第安壮汉将梅特尔抓了起来，轻轻松松地扛在了肩上，仿佛她轻得像一片羽毛一样，后面跟着一行人前往岩石圆形剧场。

村庄里的男女老少都在这儿，环绕表演者围了一个大圈，场地中央挖了一个深坑，蛇都在坑里，坑上放了少量的树枝。这个就叫"基西"。

这些独一无二却又使人毛骨悚然的莫基蛇舞经常被人描述，所以我不需要再赘述表演的细节了。表演还未过半的时候，姑娘们就想回车上去了，但少校却小声说他们的离开会冒犯这些印第安人，可能会造成麻烦。

这个舞蹈可能与宗教有关，是为了向雨神致敬，开始的时候没有用到蛇，但当舞者们因它们一个个滑稽的姿势而变得兴奋激动时，他们便进到了基西里面取出了一条蛇，让这些爬行动物环绕在他们几乎裸着的身体上抚摸它们，并不伤害它们。

有一些蛇是无害种类，比如雄性蛇和箭头蛇。但莫基人使用的蛇大部分是响尾蛇，原产于平顶山上的岩石峭壁。一些游客说响尾蛇没被处理之前毒牙藏得很隐蔽，不过这已被证实不是真的。人们普遍认为蛇除非缠成圈否则是不会袭击人类的，舞者奇怪的咒语和优美的起伏动作一定程度上对蛇"施了魔法"或者说让巨蛇陶醉了，所以并没有引起它们的敌意。虽然，很偶然的一次，一个莫基祭祀者被咬，什么援救措施也不需要做，他的生死与否取决于雨神对他罪行的审判。

这种原始的仪式看上去更特别，也更令人不安，他们在到处都是岩石的平原上表演，跳跃的火把和旺盛的篝火就是舞台的照明灯，这一切都是大自然的馈赠。当舞者极度兴奋的时候便会把住这蠕动巨蟒的中间部位并使其盘绕在自己的脖子上，同时进行着狂野的舞蹈。这整件事既令人不安又十分凶险，一行人见机开溜并准备回到他们的"大本营"。现在近乎是午夜了，他们拿着的小提灯为他们照亮了归路。

当他们快走到汽车旁的时候，约翰发现万普斯不在岗，这令他感到焦虑不安。车前灯开着，但司机却不见了。不过，再走近点后，迎接他们的便是曼伯斯愉悦的叫声，万普斯蹲坐在地上，嘴里还叼着一根快抽完的雪茄，看上去十分泰然自若、波澜不惊。

"你在这儿干嘛？"少校问道，顺势提高了手里的灯能以便看得更清楚些。

"我现在是一名牢头，"万普斯嘟哝道，没有起身，"有人想偷东西，曼伯斯一直朝着他叫；而我，我也在偷——我偷印第安人的。"

一个昏暗的身形躺在地上，在万普斯身下挣扎蠕动，万普斯坐在这个大个头的印第安人身上，把他像犯人一般缚住。万普斯本身也算是半个印第安人，知道该如何整治他的俘虏，用他粗短有力的手指掐住他的喉咙，逼那家伙安静下来。

"你把他困在这多长时间了？"约翰好奇地问道，"勇士"被盯着看，感到不好意思。

"大概一个钟头了。"他回答道。

"那么，放他走吧。我们也没有监狱，这人得到的惩罚也足够了。"

"我还等着你的指示杀了他呢，"万普斯严肃地说，"他听得懂英语，我告诉他了，他就要死了。我和他描述了我们是怎么拷打印第安扒手的，他以为他都可以死好几回了。所以他现在在做最坏的打算。"

印第安人再一次蠕动起来，万普斯叹了口气站起来，把他松开了。

"喂，你看仔细了，"他说，"你的命，仁慈伟大的白人老板给你留下了，幸运的家伙。但是白人老板离开的时候会留下一只眼一直盯着你。如果你再敢偷，这只眼一定会看见，那么我说过的那些酷刑可就轮到你用了。我可是万普斯，说到做到。"

印第安人仔仔细细地听着，生怕漏掉什么，然后什么也没说，蹿到夜色里消失了。那晚也没再发生什么别的事，他们睡得都特别的香，第二天醒来的时候顿感精神焕发，已经准备开始新的探险了。

第九章　大自然的杰作

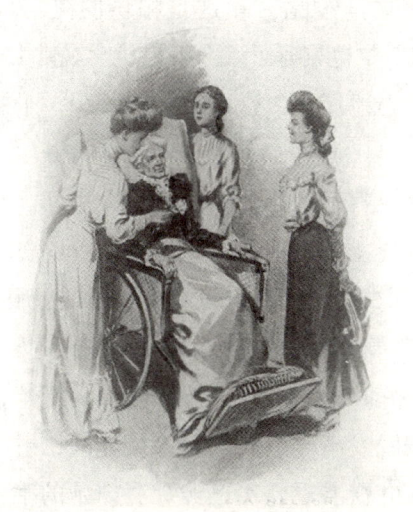

从部落到科罗拉多大峡谷的距离不算远，但也没有捷径可走，所以他们得绕一个大圈子，几乎要绕到威廉姆斯，才能到达通往世界最伟大的奇迹的路。

汽车在大峡谷边缘的小路上缓慢笨拙地爬行。到的时候已是晚上，他们特意安排这样的时间，因为有人说大峡谷的月光有一种不可思议的美。不过天公不作美，整晚都是乌云密布，他们只得冒着毛毛细雨摸黑来到了他们的目的地——光明天使。少校担心万普斯会不小心把车开进峡谷里，不过好在这车拥有强力的探照能力。最终他们停在了一家气势恢宏的酒店前，不禁令人怀疑怎么能在这么远的地方找到如此棒的酒店。

他们急切地从车里逃了出来，进到了酒店宽敞的大厅，那已经聚集了大量的游客。

"吃完饭立马睡觉，"这是帕琪的决定，"可累死我了，可怜的梅特尔也累瘫了。今晚没机会观赏大峡谷了，也不能跳舞打牌开心地玩了，这些都无法吸引一个疲惫不堪的旅客。"

女孩们被带到了酒店前面的双床大房间。小一点儿的连接室给了梅特尔，帕琪和贝丝睡更大的房间。这间酒店塞满了游客，约翰的外甥女们可不介意挤在一间既舒服装潢又奢华的房间里。铁路一天运行三趟去美妙大峡谷的列车。

走廊上一阵吵闹的脚步声扰了帕琪的清梦，她睁开眼睛发现房间已朦胧发亮。破晓的第一缕光线已射入，帕琪似醒非醒地升高百叶窗看看是否已经天亮。她的手依然举得高高的，保持拉窗帘的姿势一动不动，好像石化了一样。突然，她猛地用力往下拉了一下百叶窗，并喘着粗气大声叫道："天呐，贝丝！"然后站在那里，凝视着那凡人肉眼所能见到的最壮丽的奇观，是那样的令人神魂颠倒同时又振奋人心——这就是亚利桑那州科罗拉多大峡谷的日出。

大自然的杰作汇聚于此，任何想要将这奇妙的颜色呈现在画布上的尝试都是徒劳的。

这是令语言大师都词穷的景色，感官上的冲击和灵魂上的震撼都是上帝一手创造的。任凭技巧娴熟的画家还是玩弄文字的作家都无法用手中的笔将这景色描绘出来。只有在那个早晨，同帕特丽夏·道尔一样站在那里，看到这出自自然之手的至臻之作的人，才能理解这看似平凡的七字之意，"科罗拉多大峡谷"，大？名副其实。

因为它的美不可名状，所以这些被滥用的形容词也可勉为其难地用来描述它。

贝丝站到了窗前，同帕琪一样立刻被这壮美吸引，不住地感叹。那时没人记得还有梅特尔，但幸运的是她把连接室的门半开着，便听到了她们激动的声音，她走了进去看看到底发生了什么。两个女孩心无旁骛地盯着窗外看，于是她走到第二个窗户，有幸目睹了这绝妙的景色。

即使日出华丽的颜色使视野变得黯淡也足以吸引眼球。酒店像是建在峡谷的最边缘的地带，她们脚下的土地出现了倾斜，如一道撕开的深渊，所有的侧面都染上了不同的颜色，如彩虹般绚烂。跨过裂口处，可以清晰地看到绿树和丘陵；尽管还有足足十三英里的距离，这里已是深渊最宽敞的地方了。

"我要穿衣服了。"最终贝丝打破了这安静的画面，

"把这般美轮美奂的全景框在这儿真是一种罪过。"

另外两个女孩没有作答,但她们都慌手慌脚地开始穿衣服,准备去峡谷峭壁的边缘地带。宽敞的走廊里成群结队的人正站在她们前面观看,但我们的姑娘可没那种闲情逸致,她们要结队去和这绝妙的峡谷来一个亲密接触。

"噢!我太矮了——我怎么这么矮啊!"帕琪抱怨道,瘦小的身影很快就淹没在峡谷广阔的天地间了,不过来光明天使的游客都会有这种想法。你可以在大峡谷里放置十三个尼亚加拉大瀑布却几乎注意不到它们。所有欧洲山区的大教堂都建在高原上,这样从峭壁上看的时候就像是鹅卵石一样。这种事情只有亲眼见到过的人才能理解。

不一会儿,约翰和少校也加入了队伍,他们一直沿着边缘走,直到来到了一块巨大的石头上。石头在深渊上往外伸出了一大截,有个又高又瘦的男人站在石头的最边缘处背朝着他们。这看上去很危险,一不小心就会头晕目眩滑倒掉进深渊。

"这是在玩命啊,"帕琪站在安全的距离小声地说道,"我希望他能往后退一退。"

男人貌似听到了她说的话,半转过身体冷静地审视这一行人。他的瞳孔近乎是苍白的蓝色,脸上没有任何表情。从他的穿着来看貌似很有钱,但他的气质里却透露出一丝丝的忧郁。

经过一番认真仔细的观察后,他又转了回去,面朝着峡谷,对这兴致盎然的一行人丝毫不在意,从边缘处往回走了走避免可能发生的危险。

"哦,亲爱的!"梅特尔用颤抖的手紧紧地抓住贝丝的胳膊低声说道,"我怕他想要……想要自杀!"

"别胡想!"贝丝回答道,然而脸色却变得苍白。

约翰和少校沿着小路向一边走去,贝丝想要上前跟上,但梅特尔突然松开手扶着拐急切地向陌生人跛步走去。她没有一直走到那块凸出来的石头的尽头,而是停在了几步远的地方用急切的声音小声地叫道:

"不要啊!"

男人再一次转过身来,比之前的神情更加冷漠。他注视了梅特尔一会儿,然后转过身慢慢地离开了边缘地带,走到了坚硬的空地然后朝酒店走去,没有再看女孩一眼。

"真是太难为情了。"梅特尔重新回到队伍中对朋友们说道,羞赧的眼泪不停地在眼里打转,"但是,不知怎么地,我觉得我一定得提醒他——我没法抑制住这种冲动。"

"哎呀,亲爱的朋友,无论如何,结果不坏啊。"贝丝回答道,"我如果是你,就不会再想这件事了。"

他们逛了很久,当他们回酒店吃早餐的时候,所有人都饿坏了。

其实帕琪和贝丝想沿着光明天使之径往下走到峡谷的深处,因为这才是具有冒险精神的人喜欢做的事情。

"我可不做那么愚蠢的事情,"约翰说道,"所以我会待在这和梅特尔玩。"

少校决定跟着去,去"保护咱们的帕琪"。三人加入了这属于勇敢者的长长的队伍,听从指挥,脚踏实地地跟着导游往小径走去。

梅特尔和约翰在酒店的走廊上待了一早上。吃早餐的时候,梅特尔看到了那个在峡谷边缘遇到的高个男人,在高档餐厅角落的一张小桌子上忙着吃早餐。上午的时候他从酒店走到了走廊站了一会儿，远远地望着峡谷。

安静男子身上散发出的孤独气息激起了约翰的同理心，他离开椅子，走到栏杆处，站到了男子的旁边。

"这景色美极了，先生，"他语气轻松友好地说着，"真是太美了！"

一时间没有得到回答。

"它似乎在召唤着，"最终男人还是开口了，但好像是在对自己说，"它在召唤。"

"它没有召唤更多的人来看它，这对我来说是个奇迹。"约翰愉快地说道，"想想它的壮丽——这比旧世界的任何东西都更伟大更壮观，几乎就在这美国的中央地带——可以这么近距离地看到它！我们来的真是时候啊，先生。"约翰激动地又补充道，"没有亲眼见过亚利桑那的卡罗拉多大峡谷的人就不能算是见过世面的人，它是世界上最大的峡谷！"

陌生男子没有作答，他甚至都没瞅约翰一眼。此时，他慢慢地转过身来，盯着梅特尔看了一会儿，直到她小脸通红地垂下了眼睛。之后他又回到了酒店，没有人再见到他。

陌生男子的冷漠让约翰很生气，他回到梅特尔身边愤愤地说：

"我的宝贝，如果你真的救下他——那家伙一点儿都不值得被救。他说峡谷在呼唤着谁，他愿意从那条路走下去都行，与我无关。"

一向绅士又和蔼的梅里克说出了这种话，表明他是真的怒了。不过只过了一会儿，他脸上又重新找回了笑容，梅特尔觉得他真是个令人愉快的伙伴，因为他能读懂人的心思，如果他们不开心，他总能用恰当的方式让他们重新振作。

女孩们和少校结束了旅行，回到了高原，他们对于这次独特的体验感到欣喜万分。

"就算给我一百万美元我也不会交换这次体验！"少校激动地叫道。但是他补充道，"不过你可不能给我二百万让我再去一次！"

"这真的是棒极了，"帕琪说道，"但是也很累人。"

"我真是几次死里逃生……"贝丝开始讲述，但帕琪打断她说道："所以每个人都安全无恙，如果峡谷坍塌我们所有人早就死了。别再唠叨了，赶紧开饭吧，我都快饿死了。"

第二天早上，他们看了这美丽的风景最后一眼，然后爬进了车里继续他们的旅途。许多游客对他们进行如此的长途跋涉感到吃惊，认为在车里就寝条件简陋，这样做实在是鲁莽的行为，给他们提了不少的问题和警告。但他们却完全享受这次远足，迄今为止还没发生什么不愉快的事。在这个愉快又美好的早上，这一行人中可没人打算放弃汽车旅行而改去坐火车。

第十章　郊狼小夜曲

这里路况真是糟透了。威廉姆斯西部的路尤其糟糕。

就在刚才，他们想到了一条从大西洋到太平洋海岸的林荫大道。故事讲到这里，没有人关注往西的大路，他们只沿着牧场工人来往于镇子时走的小路走。离开威廉姆斯时他们选择往南前行，这样便能少走一些山路，尽管这美妙的旅途中路过了一些无趣的地方，但他们还是在离开大峡谷后的第二天的傍晚到达了普雷斯科特，他们决定在这休息一天。恰逢礼拜日，所以旅店很空。星期一早上，他们重新踏上了旅途，朝西南行驶横跨碱性平原——"平顶山"——去往亚利桑那州和加利福尼亚州的洲界线上的帕克。

这个地带村庄分布稀稀落落，人烟稀少。虽然有广袤的牧场，却为一群英国"啃老族"拥有。多半都是些"败家子"或是在家惹了很多乱子被名门望族赶出家门的人。他们被扔到美国，离群索居于这西部的大牧场，每个月或每个季度都能收到家里的汇款资助。

通常，这些靠家里资助的人都是贫穷的农民，他们整天无所事事好吃懒做，除了骑马打猎就是一些类似的运动。他们的支柱产业畜牧业，向德克萨斯州和中西部平原地区供应产品。不过，这些外国血统的"牛仔们"和出身美国的"牛仔们"完全不是一个级别的。他们受过良好的教育，一定程度上文质彬彬，虽然有"天生的绅士品质"，却是工作上的落后者。其他的大农场场主会再三思量是否与其共事，因为他们自成一派。在亚利桑那州，科罗拉多河的支流贝尔威廉姆斯河的河畔，大多数是他们一类的人。

一行人本希望能在哥顿镇过夜，但路况十分糟糕，万普斯不得不小心翼翼地驾驶，所以时间掌握不到位。路上还发生了意外，粗暴地使用这辆车无疑是这次意外的导火索——先是断了一根弹簧，万普斯不得不停了下来，花了很长时间用结实的钢制支撑架将断掉的弹簧固定住；一个小时之后前轮外胎被路面堆积的仙人掌刺扎破。这些耽搁都严重地影响了当天的进程。

约翰指着日落的方向，从他在普雷斯科特听到的消息得知，他们到哥顿还要走三十英里，所以他决定趁着现在有充足的光亮方便安营扎寨，在这先暂作休整。

"也许我们能找个平房去借宿一晚。"他说道，"但是凭我对这些外国'牛仔们'的了解，我确信，凭借我们自己的能力能够玩得更好。"

当然，姑娘们一直热切期盼着能有这样的经历，安静孤寂的平顶山着实让他们体会到了"身处荒凉的美国大沙漠"的感觉。这里的下午非常炎热，汽车也积满了灰尘，但当太阳慢慢消失在视野中的时候，空气中便传来一丝凉意。

他们自带了保温瓶，里面装着冰冷的饮用水，约翰还有一个装着小冰块的保温桶。由于预备了充足的食物补给，年轻的姑娘们可以准备一顿大餐，而且比任何一家现代旅馆做得都要好很多。汤是罐装的，咖喱鸡也是罐装的，没过一会儿，洋蓟、豌豆、芦笋和葡萄干布丁都被布置妥当，一顿晚餐准备就绪了。就食物而言，充足的水果、芝士和饼干足以让他们在荒凉的亚利桑那高地上进行户外野餐。为三个姑娘在豪华汽车内打造的睡房也丝毫不亚于普尔曼式客车，安全又舒适。

只是男士们就寝的地方——这种单坡式帐篷，丝毫没有御敌能力。

吃完晚餐，洗刷完毕，并将东西摆放整齐之后，他们在小帐篷外坐着轻便折椅享受着这分外寂静的夜。暮色褪去，黑夜来临。万普斯点亮了一盏探照灯，为这景色增添了一点儿欢乐，梅特尔被说服唱了简单的一两首歌曲。她的声音澄澈透亮，甜润悦耳，尽管不是那么的铿锵有力，所有人，特别是约翰都喜欢听她唱歌。

后来，他们在讨论从这干旱的地方到绿洲般的加州的旅程和预期中会发生的变化，突然，一声令人毛骨悚然的嚎叫打破了这沉静的夜，他们纷纷从座位上站了起来。所有人都站了起来，除了万普斯。他坐得稍远些，嘴里叼着他的黑雪茄，只是点了点头说道："郊狼。"

少校轻咳了两声回到了座位上。约翰往黑影处望去，仿佛试着去看清楚这生物的样子。

"郊狼危险吗？"他问这个加拿大人。

"对我们而言不危险，"万普斯回答道，"有时候，如果一个人独自在平顶山面对一群郊狼，那可就很难走出来了。郊狼是一种野狗，除非饿极了，不然十分的胆小懦弱。如果放上一把小火它绝不敢靠近我们。"

"既然这样那就点上火——一整晚都燃着。"梅里克先生说道，"它走了，还会有另一只来！它的叫声真是太恐怖了。"

"我可挺喜欢的，"帕琪一贯都是这么淡定，"被郊狼围着可又增加了新的经历。如果没有它，也许我们的旅行还不完美呢。"

"它们的叫声就像小夜曲一样。"伴随着越来越近，越来越大的嚎叫声,贝丝说道。

梅特尔的眼睛睁得大大的,看上去严肃又认真。她不是害怕,但被这样一群野蛮的生物包围是一件很新奇的事情。

嚎叫声不断向前,越来越近,直到很容易地看到十几双凶猛的眼睛在黑暗中隐约地闪现,它们离营地仅有几步之遥。

"我觉得姑娘们最好还是去床上。"约翰说道,略微颤抖的声音暴露了他还是有点紧张,"不会有危险的,你看——一点儿也不。让这群野兽嚎吧,如果它们想的话——尤其我们又无法阻止它们。但是宝贝们,你们一定都累了,该睡觉了。"

她们带着几分的不情愿回到了车上,拉下窗帘并开始整理床铺。毫无疑问,她们正在体验新奇的经历,如果从车里听郊狼的嚎叫声比在外面听更能让约翰舅舅觉得轻松些,她们不会反对他的要求。

万普斯让少校掏出他的枪,拿到枪后他朝狼群走了几步并开了一枪。狼群立刻四处乱窜匆忙逃开,不料没过一会儿它们便重新回到了刚才的位置。

"它们会整夜的开嚎叫歌剧会吗?"约翰半幽默地说道。

"也许,"万普斯说道,"它们饿了,闻到了食物的味道。郊狼无法思考,如果它能,它很清楚我们不会喂东西给它吃。"

"下次再往这边走得带上一吨左右的饲料。"少校建议道,"我想知道这些可怜的野兽会怎么想,如果在他们的生命里能吃一次饱餐。"

"这是不可能的,先生,"万普斯说道,严肃地摇摇头,"郊狼天生就是饿死鬼。活着的时候饿,死也是饿死的。如果有不饿的郊狼,它就不是郊狼了。"

"既然那样,少校,"约翰说,"让我上床睡觉吧。也许睡着了就会忘了这帮正在嚎叫的朋友。"

"好极了,"道尔少校投了赞成的一票,站起身来进了小帐篷。

正在这时,万普斯意外地插话道:"慢着,请等一会儿,就一会儿。"

少校和梅里克站在那儿对这个要求感到吃惊,此时,加拿大人的一只手依然握着枪,从汽车放行李的地方拿出一根钢筋将小帐篷的翻门推向旁边。汽车尾灯将帐篷内照得通亮,透出的光也将此地朦胧地照亮。

少校刚要跟上万普斯的时候,射击声阻止了他前进的脚步。枪声之后是一阵钢筋击地的急促响声,之后万普斯从帐篷里出来,手里握着一根钢筋,钢筋的尾端有一个黑色蠕动东西在他面前伸展。

"那是什么?"梅里克有些震惊地问道。

"响尾蛇。"万普斯一边说着一边把蛇扔进了植物丛里,"你吃饭的时候我看到它在帐篷里爬。"

"你为什么没告诉我们?"少校激动的叫了起来。

"我以为它会爬出去——它有时候是会这样的,不过这次没有。蛇先生在帐篷里睡觉,这帐篷本是为上级准备的。我之所以没有说,是因为怕吓着姑娘们。这也是为什么我紧紧地抱着曼伯斯,因为它的小眼睛也看到了蛇,这只笨狗还想着和蛇打一架呢,这响尾蛇一口就能吞了曼伯斯。不过没关系,不需要担心。我是万普斯啊,有我在呢。现在你们上床睡觉吧,已经安全了。"

他的口气十分得意,也是因为这个原因,没有人表扬他的警觉和他的勇敢行为。万普斯在向人证明他是一个有能耐并且勇敢的员工,甚至少校都不得不承认。然而这个男人夸大的言辞和过分的自满使得他没有得到任何本应得到的赞扬。

"我认为,"约翰说,"今晚我还是睡在前座吧。我长得矮,你们也知道的,正好能蜷起来睡。蛇应该不能爬上车轮吧。把我的床放在前座吧,万普斯。"

男人呲牙咧嘴地笑了,不过还是很快听从了吩咐。少校若有所思地望着他。

"那么我,"少校说道,"我睡车顶好了。"

"哼!"约翰说道,"你会把漆蹭掉的。"

"我可不担心这个。"少校回道。

"睡觉的时候你会掉下来伤到自己的。"

"我愿意冒这个险,先生。"

"你害怕吗,少校?"

"害怕?我?醒着的时候不怕,约翰。但是晚上什么东西能阻挡这些害虫爬进帐篷里?"

"那东西不会经常出现的。"万普斯一边说道,一边把最后一张毯子放到了梅里克先生临时的床上,"也许你在帐篷里睡上一个星期也不会再碰到一条响尾蛇。"

"那也不行,"少校总结道,"我就睡车顶了。"

他要睡车顶,万普斯什么也没说就把毯子和枕头给他安放好。少校越过了约翰爬到了车顶,虽然四边都向下倾斜,不过宽度和长度也足够睡好几个人了。少校可是个精明的老油条了，他把两张毯子分别卷成了轴状放在了两边，把身体固定在适当的位置。这样他便躺在了繁星之下，耳边伴着郊狼们沉闷的嚎叫声。但是即使这么吵，这个疲惫的男人还是很快地睡了过去。

女孩们，从帐篷对面的门进到了车里，没有人注意到响尾蛇这个小插曲，还以为枪声是对准了郊狼群。她们听到少校爬到车顶的声音，但是也没问原因，现在睡觉对于姑娘们来说是最珍贵的，甚至她们都顾不得这持续的狼嚎声，很快便睡着了。

万普斯看起来是不怕蛇的。身材瘦小的他在帐篷的简易床上熟睡过去，直到天亮。郊狼们也撤退了，加拿大人起床冲起了咖啡。

少校透过车顶的边缘看着他。他睡眼朦胧，看起来好像昨晚没有休息好。约翰正在温和而又有规律地打呼噜，女孩们也都在睡。

"万普斯，"少校叫道，"你知道什么叫傻子吗？"

万普斯思考着，小心翼翼地搅拌着咖啡。

"我可没什么学问。但是我可是万普斯啊。我可经历了很多事情，要我说一个傻子就是他自以为他是个聪明人。聪明是什么？什么也不是！"

少校感到很舒坦。

"我突然想到，"他一边说着，一边从车顶上往下爬，"一个傻子，就是离开舒舒服服的家，跑来这荒凉的沙漠活遭罪。这地方不适合人生活，这是郊狼和响尾蛇的地盘。我们无权打扰他们，对吧？"万普斯没有作答。

第十一章 真正的探险

约翰是被少校踩醒的。少校从车上往下爬的时候脚跟不小心踩到了舅舅圆圆的肚子上。圆墩墩的百万富翁昨晚睡得特别的香，早上醒来的时候心情极佳。少校叫醒姑娘们的时候，他正在帮万普斯煎熏肉搅鸡蛋。

那是一个阳光明媚的早上，空气里充满了新鲜的味道。一路上还是有点冷的，毕竟是在隆冬时节，海拔高度也不低。此时他们离加州越来越近了，只要他们从平顶山下来就会渐渐暖和起来。

他们现在可都是"拔营"的专家了。贝丝和帕琪把床安放归位便开始整理豪华轿车的内部。少校和约翰把帐篷折叠收好，万普斯料理好饭菜后便去检查车况。出人意料地在很短的时间内所有人都上了车，大车在幽幽的小道上前进着，留下了浅浅的行进轨迹。

平顶山不是一个平坦通畅的地方，因为他们仍在靠近山脉的地带行驶前进。这里的路都是起伏不平有坡度的，出发不久以后他们便得迎坡而上，这时迎面碰上了十几个登山者，能在这碰到这一行人，登山者似乎感到十分惊讶。

能在如此荒芜人烟的地方遇到人真是一件大事。万普斯不自觉地将车停了下来，登山者在车旁站成了一排，十分不礼貌的盯着这一行人。他们身着牛仔们通常穿的衣服，上身是法兰绒衬衫，手提撑子，头戴墨西哥宽边大帽子；但是他们的脸却没有凹凸不平或是缺鼻子少眼——通常西部牛仔都长这样子，他们透露出了一种百无聊赖且生活艰难的气息。"这就是啃老族。"万普斯悄声说道。

约翰点点头,他对这群不同寻常的人略有耳闻。尤其是这些男人正盯着三张女性漂亮的脸,女孩们也从车内望向这边。目前为止他们一直保持沉默,但他们其中的一个家伙,面色萎黄的脸上长着一双乌黑的眼睛,骑着他的马向车子靠近,摘下帽子并用手一挥,姿势里倒是充满风度。

"早上好,淑女们——或者说天使们——我怀疑我们的相遇是否只是偶然。总之,欢迎来到哈德斯!"

约翰舅舅皱了皱眉头。他不喜欢这种玩笑,一口下流气。贝丝扭过头去羞得脸通红;梅特尔缩回到角落里去看不到人了;但帕琪却目不转睛的盯着那个说话的人,脸上的表情一点儿也不亲切。啃老男看上去没有对这明显的反感而感到气馁。他的同伴们爆发出一阵嘲笑声,有一个人叫道:

"嘿,快回来吧,阿尔杰农,给你的兄弟们留个机会。你已经淘汰出局了,老家伙。"

"我没有兄弟。"他反驳道。接着又朝向女孩们,无视那些同伴们,他接着说道,"美丽的姑娘们,既然你们肆意地踏入了哈德斯大牧场的领域,也就是作为恶魔的我——阿尔杰农·托比的地盘,承蒙他撒旦般的威严,我邀请你们成为我的贵宾并参加今晚为欢迎你们而举行的舞会。"

他的同伴们再一次大声哄笑,其中一个人大声喊道:

"你真行啊,阿尔杰农。舞会——对,就是这个!"

"哇,我们真是好多年没有机会跳舞了。"另一个人也赞成。

"因为我们都没有女伴陪跳,"阿尔杰农解释道,"但现在有三位——甚至更多的女士来救场——如果我能看到里面的话,我想,她们是不会拒绝这种社交快乐的。""喂,你们！"少校生硬地叫道，"大胆放肆。你们这些无赖，骑上你们的马离我们远点。"

男人随即绷起了脸。

"你别多事，"他警告说，"这又不是你的舞会，你这个老东西！"

"往前开，万普斯。"约翰指挥说。

他们需要立刻逃出去，万普斯发动了引擎，他冷静地进行着他的动作。这个叫阿尔杰农·托比的男人看穿了万普斯的意图，他把他的矮种马赶到了车的前面。

"别动。把手离开方向盘！"他叫嚣道。

万普斯没搭理他。那家伙竟把马鞭重重地甩在了万普斯的肩上。万普斯立刻站了起来，抓住托比的腿，快速敏捷地将其从马上猛地拉了下来。男子开始掏他的手枪，眨眼间万普斯便和他抱着在地上扭打起来，加拿大人骑在了男人的身上，将其牢牢地困在两腿之间。经过一番深思熟虑，万普斯紧握的拳头落在了托比的眼睛上，接着一连串重复的重击科学精准的落在他的鼻子、下巴和脸上。阿尔杰农疼得嚎啕大哭，腿也没有套路地一通乱踢想要挣扎出来。他的同伴们没有上前阻拦，反而冷酷地看着他们的头头接受这种惩罚。

万普斯打完之后站起身来，整理了一下弄乱的衣领和领带，继续去发动引擎。他刚刚爬进他的座位，突然响起了枪声，前轮外胎中的一个被射中，瘪了的轮胎近乎被撕成两半。牛仔们爆发出了一阵刺耳的嘲笑声。阿尔杰农再一次跨上他的矮种马冲到车前，此时万普斯猛冲了一下后不得不将受损的车停在路边，约翰一行人也惯性的向前冲了一下又坐了回来。托比顺势往后退了一小步，大声叫嚣道："一会儿见啦！我希望在舞会上见到你们所有的人，我现在去找拉小提琴的人了。"

他回到了同伴们的队伍中间，所有人都骑马而去，直到消失在连绵起伏的平顶山中。

约翰从座位上下来帮司机的忙。

"谢谢你，万普斯。"他说道，"也许你本可以趁机杀了他，但是你做的很好。"

此时的万普斯已是精疲力竭。

"我不会杀人的，"他说道，"因为我不敢伤害别人。但我是万普斯啊。如果阿尔杰农先生今晚要跳舞，那一定得有人引导着他，因为他会看不见的。"

"我从未见过如此无法无天的家伙，"少校愤怒地来回踱步，"如果这是在纽约，他们早就被扔进警察局里去了。"

"但这是亚利桑那州——山高皇帝远啊，"约翰神色沉重，"有法律他们也不会遵守。"

更换新的轮胎并充满气花费了很长的时间。外胎损毁情况严重，必须得换一个新的。还好最终任务还是圆满完成了，于是他们再一次踏上旅程。

现在没有外人，女孩们在异常兴奋地八卦刚才的遭遇。

"你们真的认为我们站在了那个男人的地盘——他的大农场吗，就像他说的那样？"梅特尔现在想起来还有些后怕。

"哎呦，我是有想过有人会拥有那一整块地，虽然是块不毛之地。"帕琪回应道，"但我们现在正在一条正规的路上走——虽然路况不佳，也没太多游人，然而，却是一条路——一条属于公共财产而且对游客公开使用的路。"

"或许我们会途经他们住的平房。"贝丝提议。

"如果我们要这么走的话,"约翰回答道,"我会让万普斯加足马力全速前进。如此快的速度,他们的马是追不上我们的,而且如果他们再一次开枪打轮胎也很可能会射不中。"

"还有其他的路吗?"少校问道。

万普斯摇摇头。

"我从未走过这条路线。"万普斯承认,"但我在普莱斯考特结交了很好的朋友,他对亚利桑那州可是轻车熟路。是他告诉我这条平稳易行的路的,而且轻易不会迷路——因为这没有别的路——只有这一条路。"

"你朋友有提起过哈德斯大农场吗?"又问道。

"他说这些个啃老族就喜欢胡闹,不过他们就是一帮外国的胆小鬼,绝大多数时间都处在烂醉如泥的状态,酒醒了就乖得像小猫一样。他还别被这帮小子唬住。不管来多少个,只要你撞上一个,其他的都得跑得远远的。"

"嗯哼,"约翰嘟哝道,"我不太确定啊,万普斯。这好像有很多这样野蛮的无赖,我可不希望再遇到他们。他们可能还会找咱们的麻烦。"

"别怕,"司机宽慰道,"我是万普斯啊,有我呢!"

虽然他说的是对的,可我们的游客却并没有完全打消顾虑。

万普斯也说不出这条路到底会把他们带到哪,因为他也不知道,只是蜿蜒曲折地驶向地处亚利桑那州和加州州界的帕克,前方会有什么在等待着他们以及终点在哪,他们都无从知晓。

豪车负重大而路面却很软，虽配备了超级引擎，但车子的时速无法超过每小时十五英里。行进了一段很短的距离后他们来到了山脊处，在山顶处能看到不远处分布着杂乱的房子，附近的小农场里饲养着许多的马和牛。这些建筑并不华丽，大多由土砖和厚木板建成，地处中央地带的，是一片低矮且杂乱无章的建筑群，连着一大片空地，可能是住宅。

这是一条直接通向建筑群的路，也许我们马上猜到了这就是"哈德斯大牧场"。万普斯一边减速慢行一边锐利地审视着四周的情况，但是两边的土地上长满了仙人掌和蒿属植物，几乎要刺穿这条小路。但现在能做的事只有一件。

"这条路可真棒！"万普斯说，"抓紧了，别怕，我们要全速前进了。"

"前进！"约翰面无表情地回道，"如果哪个无赖敢挡你的道，你就撞过去。"

"我不喜欢伤害别人，但如果你要求我这样做，先生，我会服从的。"万普斯咬了咬牙说道。汽车加速在路面上前行，每小时二十英里，二十五——三十——最终达到四十英里。姑娘们坐直了腰板热切地望着前方。牧场的建筑群里四处散布着临时住所，很快在路两边聚集了成群的人。一面红旗在路中央飘动着，一些骑着马的人向他们走来。

"小心！"约翰大声喊道，"停，万普斯，停车！"

万普斯看到了什么，踩下了刹车。体型庞大的汽车颤抖着减速慢行，直到停下来，此时距离三个丑陋的铁蒺藜栅栏仅有一步之遥。他们现在刚好就在建筑的旁边，那群啃老族们发出一阵得意的欢呼声。

第十二章　你们"被邀请"了

"欢迎来到哈德斯！"一个身穿红色宽松上衣身材矮胖的男人欢呼道，并透过车窗向车内抛媚眼。

"闭嘴，斯达比。"人群中一个声音嘶哑的人命令道，"懂不懂礼貌？还没轮到你呢。"

"我的第一支舞要和这个黑眼妹一起跳。"斯达比一边坚持着说道，一边被十几双手拖了出去。

少校站出来面对着这一群人。

"我们该怎么理解这暴力的行为呢？"他凶狠地质问道。

"这意味着你们被邀请来参加一个聚会，我们不允许任何人拒绝。"一个人笑着回答。

帕琪把头伸出窗外望着说话的人。阿尔杰农·托比，他的鼻子上缠着两条胶布，一只眼睛因为浮肿睁不开，另一只眼睛也几乎是闭合的。然而他说话的声音却比第一次见到的时候更加兴奋。

"别害怕，"他接着说道，"没有人打算伤害你们中的任何一个人，我向你们保证。"

"我们对你们也没有这种意图，先生。"道尔回道，他气得都快冒烟了——后来少校承认，那个时候他的"爱尔兰脾气"已经上来了，"除非你立刻移走这些路障让我们过去，否则我们不敢保证会发生什么。我是在警告你，先生。"

约翰，此时站在少校身旁的空地上，默默地"审时度势"，虽然这原本是他想说的话。约翰看到他们大概被十四个人包围着，而且其中大多数都是年轻力壮的小伙子，当然还有三到四个包括托比在内的中年男子。由此地杂乱无序的环境和缺乏维护的建筑群来看,哈德斯大牧场应该是个专门供单身汉起居的地方。六个墨西哥人,一两个中国人在后面好奇的观看着这一切。

梅里克发现这些啃老族是一群蓬头垢面、沉迷酒色的家伙,不过他们看起来虽然鲁莽但也风趣,并不是彻头彻尾的恶魔。毫无疑问,他们中绝大数人都将这段小插曲当成一个玩笑,并且决定强迫这些客人们陪着一起体验这种开心。

约翰在西部生活了很多年,对这些英国的流放一族或多或少了解一些。因此他既没有害怕也没有过度的生气,但对这群厚颜无耻家伙的挑衅非常愤怒。他要保护三个姑娘,知道这些人可能不会配合。但他说话的语气和少校不同,他亲自找到托比——这帮家伙的现任头头。

"先生,"他的语气平静但不乏重点,"我认为你是天生的绅士,你的同伴们也是。"

"你说得对,"托比回答道,"站在你眼前的每一个人都是被名门望族赶出来的——本身没什么过失。"也许这是一句很讽刺的话,其他人也以吵闹的笑声表示赞同。"在某些方面我们依然是绅士,"托比继续说道,"但在其他方面就不好说了。讲讲道理嘛,先生——我一点儿都不了解你,甚至不知道你的名字——冷静地想想我们的提议。你看,这都是年轻的小伙,曾经过着多么舒适快乐的生活,而现在独自生活在这碱性沙漠之中,我们中绝大数人几个月没有见过女人了,多少年都没有见过一个小姐。去年秋天,斯达比从这骑了八十英里到巴克斯顿,仅仅是为了站在角落里看一帮过路的墨西哥肥婆。我们厌倦了这种只有男人的生活,就如你看到的,我们只能相互彼此忍受。而现在，我们就像到了天堂一样，三位靓丽夺目的小姐突然降临我们的地盘，在发现她们的存在后，我们便立即决定利用这个机会邀请她们参加这场即兴的舞会。拒绝我们是没有用的，因为我们坚持自己的计划。如果你们男士，可能是小姐的父辈们，行为理智的话，我们会以皇室般的待遇招待你们，你们可以尽情享乐。能做到吗，伙计们？"

他们大声呼喊以表赞同。

"但是如果你们不同意并且破坏了这场舞会，绅士们，我们可能会略施暴力，并在之后再决定如何处置这几个姑娘。我们最拿手的就是射击，长期射猎所以我们瞄得很准。我敢保证，如果引起混战，我们不在乎牺牲几条性命。是吧，伙计们？"

"正是这样，阿尔杰农。"一个男子代表其他人呼应了他，"我们势必会举行那场舞会，即使要为此而死——每个人都会。"

梅特尔在汽车的角落里吓得发抖。贝丝安静地坐着，卷着嘴唇。但是帕琪对这次行动十分感兴趣，聚精会神地听着上述对话。

此时女孩突然拉开了车门，从车上跳了下来，站到了她父亲的身边，面对着这群牛仔。

"我是帕特丽夏·道尔。"她用清澈透亮的嗓音说道，"这些绅士们，"她指的是少校和梅里克，"是我的爸爸和舅舅。你们应该很清楚为什么他们反对你们的安排，如果你们任何一个人有女儿，处于现在这种情况你们都会反对的。但你们太武断了，没有想要尊重女人。因此有一点我们要提出抗议，就是你们将自己的意愿强加在我们身上。"

他们默默地听着这番直白坦率的讲话，当女孩结束讲话时，他们中一些人脸上已露出挫败气馁的表情。甚至，有一个年纪稍长的人转过身走了，消失在丛杂的建筑中。一阵短暂的犹豫之后，又有一个稚嫩的年轻男子——几乎是小男孩——跟着这个男人走掉了，脸羞得通红。其他人依旧站在原地。

"说得好，小姐，"托比强颜欢笑地说道，"这是必然会发生的事情，接受才是明智的选择。把你的朋友领出来介绍介绍，之后所有人会参加午宴并为舞会做准备。"

"我不会屈服的！"少校大叫道，脚愤愤地踏到地上。

"不，你会的。"约翰一边说道，一边示意他愤怒的妹夫不要掏出手枪，"帕琪说得很对，现在的形势是敌众我寡，我们能做的就是尽可能体面地屈服。"

他示意贝丝将梅特尔扶下车来。那群牛仔们发出一阵窃喜，为现阶段的胜利而倍受鼓舞。当长着一张楚楚动人的脸的梅特尔挂着双拐出现在他们面前时，这种窃喜迅速烟消云散，取而代之的是目瞪口呆。

"这是我表妹，伊丽莎白·德·格拉夫。"帕琪介绍道，经过一番冷静地思考，她决定和这些人交流的时候要遵守礼仪，"现在我来介绍我们的朋友，梅特尔·迪恩。通常情况下我相信梅特尔可以获准不参加舞会，但我不希望有人模狗样的禽兽想要趁火打劫。"

这次甚至托比的脸都红了。

"好一个口齿伶俐的姑娘，小姐，这也许会给你惹来麻烦。"他反击道，暂且失去了文雅的风度，"我们可能就是禽兽——我想我们是——只要别挑衅我们，你们是不会有危险的。"

男子说话的语气很蛮横,约翰对此有所警惕,示意帕琪不要再说了,保持安静。

"你带路吧,先生。"他说道,"我们的司机会待在车上。"

万普斯安安静静地坐在座位上一动不动。他点点头算是回应梅里克的指示,完全不去理会那帮啃老族。

那个叫斯达比的男人长了一张好脾气的圆脸,殷勤地走到梅特尔的身边说道:"请允许我来帮你吧。"

"不,"她摇摇头,无力地微笑着,"我能自己走。"

尽管如此,他还是带着深深的敬意跟在她的身后,与他之前的行为大不相同。托比,对目前的成功感到满意,他走在梅里克先生的旁边,带领着一队人走向牧场的房子。少校跟在后面,高大的身形笔直挺立,他走路的姿势里充满愤懑与厌恶,好像随时准备要战斗一样,贝丝和帕琪跟在他的两边。他们刚到房子的时候,一个骑着马的男人踩着铮铮的马蹄声飞奔在来的路上,所有人都不自觉地停了下来看着这个新来的人。骑马人是一个潇洒英俊身材修长的年轻男子,着装和在场的牛仔们一样,他以极快的速度奔来,好像被委任了一个关乎生死的使命一样。

他前面的马鞍上拴着一个大包裹,当马冲到一行人所站的房子旁边时,男子优雅地从马上跳了下来,摘帽向年轻的小姐们行了一个礼。

"我抓到他了,阿尔杰农!"他激动地叫道。

"丹尼尔?"托比问道。

"是丹尼尔。"他指着那个沉重还在蠕动的包裹说道,显然里面装着的是活物,"他不愿意来,但无论如何我也要把他带来。这小提琴手从来都是这么古板。"

"干得好，蒂姆！"一群人欢呼道。斯达比认真地说道："丹尼尔来的真是时候，太需要他了。"

托比正在忙着解开丹尼尔身上长长的套索，套索几乎套了两圈把他牢牢地绑在这匹气喘吁吁的马匹上。解开套索后丹尼尔脸朝下跌了下来，没有人愿意伸出手抓住他帮他站起来。丹尼尔是个满脸沟壑的老人。他只有一只又小又苍白的眼睛，不过却炯炯有神，他转过身去轻蔑地看着周围拥挤的人群。马背上拥挤的姿势和可怕的颠簸已经使他有些麻木和颤抖了，这个小提琴手起先几乎都站不稳，身体的麻木使得他一直在摇晃。但他努力地抑制他的软弱以微笑回应着女孩嘴里低声说出的怜悯和愤懑。

"小提琴呢？"托比问道，蒂姆从前鞍桥上卸下一个棉布制的袋子，从袋子里把琴拿了出来。

"丹尼尔说要是让他来他就上吊，"蒂姆说道，"所以我就把他捆过来了——外加他的小提琴。但琴只有到舞会之后才能拉。"

"你，先生，摆出这种逆反的态度是什么意思？"托比一边问道，一边将受伤的脸贴近小提琴手的脸。

丹尼尔眨了眨他唯一的眼睛，拒绝回应。

"我有一个好主意，那就是活剥了你的皮，"头头继续说道，语气残忍，"两条路，听我的命令或者我把你扔进蛇窖里。"

"别管他，阿尔杰农，"蒂姆漫不经心地说道，"这个老无赖已经被我揍过了。我看咱跳舞有舞伴了啊。"男子挑剔地看着女孩们，"我要第一个选，因为我把小提琴手带来了。"

此时抗议声此起彼伏，托比转过身闷闷不乐地说道：

"所有人，都进来。待会儿我们会定下跳舞的顺序。"

主房的内饰别具风格。整个房子的前半部分是一个很大的客厅，厅内有一个用不规则风干砖坯制成的大型壁炉。地板上铺满了动物的皮——绝大多数是郊狼的皮，还有一些鹿皮和一两只山狮的皮。墙上挂着密密麻麻的武器和捕获的战利品。

角落的一张大桌子上摆满了瓶子和玻璃杯，标明了这里的住客们有酗酒的习惯。烟囱的架子上摆着成排的烟枪和成罐的烟草。空气中飘浮的味道如置身于一家酒吧，刺鼻难闻，开窗通风似乎都不管用。

房间的中间摆放着一张长长的餐桌，周围横七竖八地放着许多长凳和餐椅。房间的角落里摆放着一架陈旧的方形钢琴，一行人进来的时候，一个墨西哥人正试着拂去厚厚的灰尘。

"欢迎光临哈德斯！"托比一边大声呼喊道，一边做着滑稽的姿势，"大家都别拘束，就像在自己家一样，我去看看那些中国人有没有把午宴准备好。"

被强行带来的这一行人默默地坐下了。嘈杂的人群也跟着进来了，对这个大房间看法各异，期间胆大的胆小的都会盯着三个女孩看了几眼。小提琴手丹尼尔被其他人推了进来，安排了一个座位坐下来，两三个小牛仔轮流看着他以防他跑掉。到现在为止，这个老男人没有和任何一个人说一个字。

由于头头不在场，现场压抑的感觉轻松了些许。牛仔们相互耳语还时不时发出欢笑声，好像他们正在讲一些笑话。斯达比坐在了三位姑娘的旁边，眼神里带着敬慕之情，不知怎么地，被强行带来的这伙人看他的眼神和看他同伙的眼神不是很一样。蒂姆，姿势优雅地靠在靠近一行人的长椅上。自从这些令人激动的客人来到后，他便看上去若有所思样子，几乎不和任何人说话。

梅里克和斯达比交谈起来。

"这是托比先生的房子吗？"他问道。

"由人代管，算是吧。"他回答道，"虽不在他的名下，你知道的，这没什么关系，如果写了他的名字就不能把这沙漠牧场卖出去了。

我想这是他的手下们所担心的事情。阿尔杰农是福泽布恩勋爵的四儿子，多年前在伦敦卷入一场令人耻辱的混乱，所以被扔到了大洋彼岸。时任的家庭律师找到了这么一个偏僻的地方，买了几千英亩的土地，在这建造了这个房子。他走的时候把阿尔杰农一个人留在这，每个月区区只给十英镑——大概十五美元。"

"他能养活自己吗？"约翰问道。

"嗯，他得想法子啊。你看，他养了一些牲口，我猜大部分是偷来的。但是他不想耕种。此外，他建立了这个小团体，集结了一众遭流放的伙计，告诉你们一个秘诀，我们把分散的汇款集中到一起。相比分散着个人自己过，我们可以雇更多的人，买更多的食物和酒。"

"在俄勒冈，"梅里克说，"我认识一些同你们有着一样遭遇的人，现在已经是功成名就而且荣华富贵的大牧场主了。"

"噢，什么样的都有，我想，或好或坏。"斯达比承认，"大多数人混得并不好，可他们还引以为傲。这里的生活就像在地狱一样，先生，哈德斯牧场是名副其实的地狱。我才在这生活了一个月。我在北边有一些财产,不过郡长拿来抵债了,强迫我跟着我厌恶的阿尔杰农。我想不久以后,我就会离开。但你也看到了,我被限制住了。我不能离开亚利桑那州,否则家里的资助就断了。"

"你为何被流放至此?"梅特尔天真烂漫地问道。

他的脸羞的通红,不敢和她对视。

"一时失足,小姐,"他说,"我的家人无法接受。这所有的人情况都一样,"他用胳膊指了一圈,"为犯下的错误接受惩罚。"

"你们试过弃恶从良吗?"帕琪问道。

"有什么用呢?我们离家那么远,没有人相信我们会改过自新。一旦被流放了,职业生涯就结束了。我们现在身处这荒凉的西部,能做的也只有活下去。"

"我想,"约翰沉思了一会儿,说,"最爷们的做法就是把自己完全和家人切断联系,然后去美国的任何一个城市,用你的正直和勤勉赢得新声誉。因为你对这个世界做了贡献,你就会受人尊重,自己也变得快乐。"

斯达比笑了起来。

"那样的话会很累,"他回道,"只有少数的人成功。我们是那种好吃懒做的人。我的家族很富裕,我不介意拿走他们自愿给我的那一点儿和我能勉强拿出来的那一点儿。就如人们常说,荒度余生而已,我没有别的追求,只希望能尽快把自己喝死。"

帕琪哆嗦了一下,一个人能够如此的绝望真是一件可怕的事情。

这个年轻的小伙能真的掌握了自己的命运吗?

第十三章　小提琴手

蒂姆一直在漫不经心地听着这段对话，无精打采地说道："你可别把我们都当成罪犯，我们不是。就我而言，我没做什么坏事，我之所以会被赶出来，因为在我们的社交圈里我比哥哥更受欢迎，惹恼了他。他继承了所有的财产，我身无分文，所以他把我赶了出来，还威胁我只能来美国待在这，否则就断了我的补贴。"

"你竟接受了这样的条件？"帕琪轻蔑地说道，"为什么你不能独立挣钱养活自己呢？"

他耸了耸肩，好像被帕琪的话逗乐了。

"坦白说，我不能。"他说道，"以我的教育程度是无法工作的，你知道的，在国内这么做会给我高贵的家族抹黑。"

"但这是美国，没有人认得你。"贝丝建议说。

"承担这样一份工作只会令我自己蒙羞，我为什么要这么做？我现在虽然在美国，我那情深意切的哥哥，也就是家族的大家长，帮助我是他的责任。你的哲学观很美好，但不现实。守旧的遗产继承制最大的错误就在于长子继承所有的财产，而其他人一无所有。这里，在这样一个平凡又普通的国家，供养所有的孩子是这里的习俗，父亲可以随心所欲地安排，因为他的财产不用继承。"

"钱是他自己挣的，他可以想做什么就做什么。"约翰舅舅焦躁地说道，"你们的遗产和继承制度多少是该受到批评，但最大的错误在于养了一帮懦夫和社会混混，他们对自己，对整个世界都没有好处。你，先生，你是一个人啊。"

"我同意你的说法。"蒂姆爽快地回答道,"我只擅长妨害这个地球,如果我从生活中能得到一点儿快乐,我必须承认这都是我应得的。"

"你不能打破束缚逃离这一切,对吗?"帕琪问道。

"我不在乎。那些野心勃勃地想要做些什么的人只会令我烦恼而已。我不羡慕也没有想要刻意效仿他们。"

从那一刻起,他们便对这个徒有英俊外表的流浪汉失去了兴趣。他和他们不是一条道上的人。

就在此时托比进来了,前面是一众的墨西哥人举着食物托盘。长长的餐桌一会儿就被摆满了,所有的东西都是随意摆放毫无秩序可言。每个牛仔都从桌尾拿到一个盘子,想吃什么就取什么。

无论如何,还是有两三个非常有礼貌的男人照料这些不情愿的客人,看他们是否得到如承诺中的那般上乘的服务。食物种类丰富,色香味俱佳,尽管约翰舅舅一行人中没有有洁癖或是拘泥于形式的人,但所有人或多或少的还是对这种毫无礼节的进餐方法感到厌恶。

"抱歉,我们没有红酒,但有足够的威士忌,如果你喜欢喝的话。"托比说道。

姑娘们静静地吃了一点儿,然而还是没忍住好奇心去观察这些来自英国尊贵家族彬彬有礼却生活颓废的公子哥们的玩世不恭的作风。他们很快便离开了餐桌,尽管带着损坏到几乎没用处的眼镜,托比还是发现他们的局促不安,决定把他们送到另一个房间去度过一个没有打扰的下午。斯达比护送并招待着一行人进了一间宽敞舒适的房间——"阿尔杰农的书房",虽然没人真的在这学习过。

"阿尔杰农担心你们会拒绝参加舞会,所以他在想着法子的取悦你们。"圆脸的年轻男子说道,"你们不介意自己在这,对吧?"

"我们很愿意,先生。"少校僵硬地回答道。

"你瞧,今儿下午这里会异常的欢乐。"斯达比悄悄地说道,"通常这里都是百无聊赖的,我们能做的事就是骑马、打猎、玩牌和吵架。但你们的到来就如一道曙光还带来了一场舞会,在以后很长的一段时间里,今天都会是我们的纪念日。尽管很郁闷的是两位小姐要和十三位男士跳舞。我们的团体限制在十五个人,你知道的,但小福特和老拉特利奇已经退出舞会,不会为本次舞会出任何的力。我不知道为什么会这样。"他说着陷入了沉思。

"可能他们仍保有绅士的本能。"帕琪暗示道。

"一定是那样。"他松了一口气回答道,"好吧,无论如何,为了避免吵架和流血,我们都同意用掷骰子的方法决定谁来跳舞。每个人都有一次平等的机会,当年轻的小姐们开启这场舞会的时候,将会为你们准备好整个节目。"

"在选舞伴方面,我们没有选择权吗?"贝丝好奇地问道。

"完全没有。那样的话,一定会乱套的。为了舞会的顺利进行,也许不得不杀掉几个人来维护平和。"

斯达比鞠了一躬走向门去,突然地把门打开,小提琴手老丹尼尔就这样猛地闯了进来,他的身体与斯达比撞到了一起,差点把他撞倒。

"没关系。"男人从震惊中缓过神来,笑着说道,"你不准逃走,你知道的,丹尼尔,我们还指望着你演奏音乐呢。"

他走出去将门关上的时候所有人都听到了闩门声。离地不到六英尺的地方有宽大的窗户，窗户大开着，空气得以进入房间。

丹尼尔一动不动的在房间的中间站了一会儿。然后他抬起布满皱纹的脸，将紧握的双拳指向客厅。

"我！"他嘟哝道，"我，我竟要为一帮猴子演奏——我！堂堂一名音乐大师——作曲家——艺术家！不，我要弄砸这场舞会！我就是死也不会向这帮愚蠢的混蛋低头的！"

这是他来之后说的第一句话，这话里充斥着强压着的愤怒。女孩们对这个老男人表示同情，大家同病相怜，都在设法安慰他。

"如果我们能做主，那么一定不会有这场舞会。"帕琪坚定地说道。

"没想到，你竟会对这些无赖的心血来潮提出抗议。"约翰惊奇地说道。

"只是为了争取时间，舅舅。计划成功了。现在的时间就可以策划设计如何瞒过我们的敌人了。"

"好！"丹尼尔赞许道，"我来帮你们。他们就是一群害虫啊！我会毫不留情的全杀了他们，这样才能给我带来快感！"

"我可不希望杀了他们，"贝丝笑着说道，"我们只希望能顺利逃出去。"

"这段时间他们是怎么对待我的！"丹尼尔更加从容地说道，"你看看，我自己在驱车十英里外的小屋里安安静静地生活。蒂姆，跑来要我给舞会伴奏。我——堂堂一名小提琴手！我拒绝做这件事，他竟强行把我绑了起来。这难道不是犯罪，不是恶魔吗？"

"确实是，先生。"约翰说道，"但别担心，姑娘们已经有主意了。我保证，如果我们能成功逃出去，一定把你安全的送回家。你们现在，我的宝贝们，该怎么做？"

"我们才刚刚开始想呢。"帕琪走到了窗前，除了梅特尔和丹尼尔，大家都跟上前去。

"唔，这房间还是防盗的。"约翰嘟哝着抱怨道，脸上写着失望二字。

"这里就像一间高级监狱一样，"帕琪补充说道，"不过当我看到他们开着窗户就走开了的时候产生了一些怀疑。我们不能指望着从那逃出去。"

"这就是在慢性自杀。"丹尼尔悲哀地摇了摇头，"如果那些家伙真有他们自己说的那么好，那他们就是天使了。"

"没有什么能劝服他们的，"贝丝说道，"他们既无视法规又残忍无道，在这山高皇帝远的地方任意妄为。"

"他们就和陶尔米纳的山贼一样坏。"帕琪回想起他们曾经在国外经历的一次冒险笑着说道，"不过我们还是得找办法逃出去。"

丹尼尔走到了梅特尔站的那个角落，用他那一只精明的独眼盯着她看。约翰若有所思地望着窗外，看到万普斯在房子前的路上忙着做着些什么。他脱下了外套，正在剪铁蒺藜栅栏，剪下来的便卷起来扔到一边，留给万普斯照看的曼伯斯在他的脚后到处跑，仿佛在协助他一样。

不知是大厅还是客厅的右方传来一阵嘈杂的声音，被高声谈笑冲淡,当中混杂着玻璃碎了的声音。所有的啃老族们都身陷掷骰子游戏中,通过游戏决出同贝丝和帕琪跳舞的顺序。服务员不见了踪影。万普斯控制了这块场地。

"过来这,"约翰对女孩们说道,等女孩们站到他身边后,舅舅指着车说,"万普斯正在为逃跑做准备,他已经把道路清理干净了,如果我们能跑到车上直接就能走了。你的计划成熟了吗?"

帕琪摇了摇头。

"还没想好呢,舅舅。"她回答道。

"万普斯不能给咱们扔根绳子吗?"少校问道。

"可以,"约翰说道,"但我们可能不能用绳子。这些可怕的仙人掌刺离得太近,用绳子往下滑会被扎到的。想想别的办法吧。"

他们都在绞尽脑汁地想着,却没有想出一个可行的办法。

"噢,不,"丹尼尔对梅特尔说,"他们真的敢开枪的,但他们不会对女士开枪,相信我。他们总是在腰带上或是手枪套里别着手枪。吃饭的时候,睡觉的时候都会带着枪。有时候打猎,吵架的时候还会相互开枪——那是他们最高级的娱乐项目了。不过他们不会向女士开枪——绝对不会。"

"跳舞的时候会佩枪吗?"贝丝无意中听到这番话后问道。

"我猜会的,"丹尼尔说着,晃了晃他那颗老脑袋,"他们喜欢掏枪而且随时都在掏枪,不小心踩到了脚都会掏出枪来。是的,当然会带。"

"这真是个糟透了的主意!"帕琪惊呼道。

"他们很可能边跳舞边杀人。"少校沮丧地说道。

"我不喜欢这样,"贝丝说,"想想都恐怖。他们的绅士风度呢?"

"没有了。"帕琪答道,"但我不会和一群别着枪的醉鬼跳舞,即使他们要把我绑在柱子上烧死我也不。"

"啊!这是一个好办法,"丹尼尔激动地叫了出来,"火刑。你可以告诉他们,如果他们佩枪就不和他们一起跳舞——咱们就有机会赢得这场赌博!"

帕琪用钻研的眼光看着他,很快明白了他一部分的主意。

他们认真仔细的听着丹尼尔的解释,全神贯注的思考着他这些独特的建议。

"就这么干吧!"贝丝惊叹道,"我确信这个方法行得通。"

"这会失去很多机会,"约翰反对,带有一点儿紧张和不安。

"任何事都是有机会的。"帕琪说道,"但我相信我们能逃出去,舅舅。哎呀,这招真是太妙了!"

"我们要的就是出其不意。"少校解释道,他由衷地赞同这个主意。

他们暂时接受了这个主意,在计划完细节之后便同一般的罪犯一样镇定和平静。约翰摇了摇手帕来引起万普斯的注意,他正偷偷地猫在房子的角落试图靠近窗户,小心翼翼的同危险的仙人掌保持着安全的距离。

"都准备好了吗?"约翰压低了声音问道。

"万事俱备。为什么?我可是万普斯啊!"万普斯谨慎地回答道。

"万普斯,你回到车上好好看着车,"梅里克命令道,"我们会在天黑以后尽快逃出来,确保车头灯好用,我们要一口气冲过去,一刻都不能耽搁。"

"明白了,"他说道,"交给我吧。我可是万普斯啊,完全不会惧怕这帮懦夫。阿尔杰农的熊猫眼可真好看。"

"确实,"约翰同意,"你现在回到车上等着我们,一定要耐住心性。我们不知道确切的时间,不过我们会尽快和你会合。曼伯斯在做什么?"

"曼伯斯学习成为一名出色的司机。现在它正坐在座位上看着方向盘,有人敢动它就会吃了他。"

他们对万普斯异想天开的想法开心地笑了,这也减轻了等待的压力。他的笑话成功逗笑了他们,万普斯因此也咧嘴大笑起来,他回到车上仔细地检查调整车的每一个部分,确保车处于完美的状态。

现在有了明确的行动计划之后,他们的精神也振奋了许多,他们带着热切的希望度过了这生死攸关的一个下午。

斯达比和蒂姆比预期来得更早,他们说道:"他们派了一个专员护送贵客们到宴会厅,晚餐马上奉上。"

"我们需要为舞会将地方打扫干净,"斯达比补充说,"所以我们想宴会能尽快的结束。希望你们都饿了,阿尔杰农亲自下厨准备晚餐,我们将会不惜代价提供给各位这牧场所有的美味佳肴。之后我们会省吃俭用来弥补这一餐。"

其实也看不出精心的准备了些什么。墨西哥仆人们将自己和大房间的地板清洗了一番,清理了一些垃圾,仅此而已。啃老族们依旧身着粗糙的衣服,空气中飘浮着烈酒的味道。

第十四章　成功逃出

一行人默默地坐在了餐桌上。托比在痛饮一番之后决定讲一段话。他的脸肿得很厉害，只能眯缝着眼睛看，这都是拜今天早些时候万普斯所赐。但这家伙很有毅力，除去他身上其他的怯懦的品质，他的泰然自若几乎没有因加拿大人施予的惩罚而感到不安。

"女士们，"他说道，"先生们——当然还有我们尊敬的男宾客们——我十分开心地宣布首届哈德斯大牧场舞会已安排妥当，舞蹈的分配秉承着公平公正的方式决出。《大进行曲》将在七点准时开始，由道尔小姐和纳克尔兹共舞，他以掷出四个六点的成绩拔得头筹。接下来是我和格拉芙小姐，其余的人可以站在后面观看。如果任何人胆敢扰乱秩序，那么他将无权与小姐共舞。丹尼尔将会用小提琴演奏最新的舞曲，如果曲子不够意气风发，不够新潮时尚，我们会把他的脚趾打下来。我们会以两步舞和华尔兹舞开场，在黄昏时分结束。请理解我们，求你们了，我的好朋友们，请尽情的享用美食，尽情地欢乐，但不要过度的沉迷于美食。我们都在热切地盼望着，就像训练有素的士兵一样，时刻准备着。"

啃老族们一边为这精彩的发言鼓掌喝彩，一边享用着美味佳肴，很明显他们都会服从老大的命令。

"我们随时都在吃，"斯达比鼓着塞满食物的腮帮子说道，"但他这如撒旦般的威严只能在哈德斯大牧场下一次举行舞会的时候才能看到了——下一次有真正的女士做舞伴的舞会。"

中国厨子和墨西哥仆人在用餐时度过了热闹的时光，因为需求源源不断让他们忙个不停。约翰舅舅本身性格温和很少生气，食指大开，甚至一向阴沉苦闷的少校都在享用这众多准备精良的美食。而丹尼尔，他充分利用机会，是最后一个离开饭桌的人。女孩们因为太激动而吃了很多，尤其是虚弱不安的小梅特尔，任谁冷不防地动一下，她的眼中便是受到惊吓的神色。

晚餐刚结束，一眨眼的功夫长长的餐桌便被清理干净并推到房间最尾端靠墙处。宽阔的地板上为丹尼尔安置了一把椅子，这便是能够俯瞰全屋和舞者的舞台，之后两个啃老族将这个老小提琴手扔到了被架高的位置，命他做好准备。

丹尼尔什么都没说也没做任何的反抗。他哀怨地坐在那儿拉着他那古老却音色丰富的小提琴，椅子和长凳被拖到了墙根处，房间已为舞会准备就绪。小提琴手后面是一扇面向林间草地的低矮宽敞的窗户，草地上疯长着令人恐惧的仙人掌，老男人对仙人掌豪放不羁的站姿感到满意。

约翰一行人紧贴着桌子站着并看着这一切。

"各就各位！"托比宣布，"《大进行曲》马上就要开始了。伙计们，带好你们的舞伴。丹尼尔，快来一段适合战争的曲子，让我们先活动一下筋骨。"

丹尼尔温顺地将小提琴架在下巴下面，向观众席鞠了一躬仿佛已经准备就绪。纳克尔兹——一个身材结实、面色红润却一只眼斜视的男子走向帕琪，鞠了一躬。

"小姐，您将和我共舞。"他说，"您准备好了吗？"

"还没完全准备好。"帕琪姿态高贵沉着冷静地回道，"我发觉你并没有准备好。"

"嗯？我没有准备好？"男子惊讶地问道。

"你仍然佩戴着手枪,"她回道,"我不会也不能和一个配枪的人一起共舞。"

"没关系的,"他反驳说,"我们总是这样。"

"总是?"

"当然。如果我把枪放下,该如何阻止别人打我呢?"

"就是这样,"帕琪坚定地说道,"我们开始之前所有的武器都得放下。如果可能会发生暴乱和射击事件,我们坚决拒绝跳舞。"

所有的啃老族都聚上前来听他们争执,低声地抗议着此番宣言。

"都是废话,"帅气英俊的蒂姆有些生气地说道,"我们都没有因排队而不满,我们只是想跳舞。"

"那么便放下手枪,"贝丝过来援助表姐,"如果这是一次和平的娱乐活动,你们则不必动粗,想要一位女士和一位像移动军工厂一样的男士跳舞,这简直荒诞透顶。"

他们相互犹豫地看着。丹尼尔静静地坐着调试着他的小提琴,对这场争论似乎毫无兴趣。约翰和少校看上去对此也是漠不关心。

"你必须二者选一——枪或是跳舞。"帕琪冷冷地看着这一圈人。

"你们英国国内的女士会同意和佩枪的男子跳舞吗?"

"她们说得有道理,伙计们。"斯达比点了点他那圆圆的脑袋。

"舞会期间我们就把这些铁家伙放起来吧。"

"我不放!"纳克尔兹叫道,深深地沉下了脸。

"好家伙,你一定得放下!"托比大声说道,托比的热切超乎众人的意料,"你在耽误时间,老东西。总之,佩枪也妨害跳舞。所有人把枪都放到墙角去,所有人都去。这样我们才会平等。"

"放在小提琴手旁边的桌子上吧,"帕琪说,"这样我们才能确保真正的安全。"

他们相当不情愿地遵守了帕琪的要求,每个人都将枪放到了丹尼尔的脚下。女孩们专心地看着他们。

"那边的那位男士,你依然带着枪。"贝丝指着一位蹲坐在门边的皮肤黝黑的墨西哥男子。

"行了,"托比轻松地说道,"他是我们的守卫佩德罗。我让他站在那,所以我们没让你们走的时候,你们可别想着逃跑。"

帕琪笑了起来。

"那可有点危险啊。"她说道。

"准备好了,现在开始吧!"纳克尔兹不耐烦的叫道,"我们已经像和平鸽一样无害了。开始奏乐吧,丹尼尔!"

老男人正在帮约翰把梅特尔架到桌子的高处,少校给她放了一个椅子在那。虽然纳克尔兹在咆哮,但他还是等着女孩在窗边坐稳了。接着丹尼尔拿起琴弓奏响了一曲生机勃勃的进行曲。帕琪牵起纳克尔兹进入舞池翩翩起舞。贝丝和托比接着跟上他们,身后的啃老族们两人一对进入舞池。远处是成群结队的仆人,好奇地看着这一幕。悬挂在天花板上的灯和壁炉架上的烛光将屋子照得通明瓦亮。

为了跳出《大进行曲》该有的样子,帕琪引领着她的舞伴通过急转弯和滑步一会儿跳到这一会儿跳到那,之后的队形被甩在后面,犹如一条蜿蜒的巨蛇直到它已经转完整个房间的长度，准备返回起点。全神贯注于舞蹈的牛仔们没人发现少校和约翰爬上桌子站在梅特尔的旁边。

队伍的一半仍在返回起点的时候，帕琪突然叫道："贝丝，就是现在！"然后飞快地离开了舞伴奔向长桌。贝丝也如优秀的跑者一样闪电般跟上了她，于是纳克尔兹和托比就这么被舞伴抛弃了，两人目瞪口呆失神地站在原地看着她们。其他的人撞到了他们，并摇醒了他们。

此时两个女孩已经跳到了长桌上。

约翰对着窗户挥舞着他的手帕给万普斯发信号，丹尼尔将小提琴放了起来，另一只手拿着手枪，少校也抓起好几支被丢弃的武器。

贝丝和帕琪气喘吁吁地转过身来，从他们的高度看整个房间，牛仔们正愤怒的向他们奔去。

"退后！"少校声音洪亮地吼道，"谁敢第一个冲过来我就打死谁。"

注意到老军人眼中冷酷的决意，他们迟疑了，停在半道上。

"你说这些废话是什么意思？"托比厌恶地叫道。

"哎，这就叫将军，游戏结束了。"约翰亲切地回答说，"我们决定不再参加这舞会了，而是立马出发。"

他转过身将梅特尔、拐杖和所有的东西放到正在窗外的万普斯的怀里，抱着她跑到了车里。啃老族们没有武器反而还面对着自己的枪，站在那惊愕地张着大嘴，看来似乎很迷茫。

"让我们把他们冲撞下去，伙计们！"外表英俊的蒂姆挑衅地叫道。

"要冲你自己冲好了，"纳克尔兹咆哮道，"我还不想死呢。"

"你还真是个胆小鬼，"丹尼尔挥动着手中的枪，"来啊，别怕，谁来啊，我一定把他打成蜂窝煤。"

"丹尼尔，你这是在找死，"托比已经在愤怒的边缘，"我们知道在哪儿能抓到你，老东西，我们会为今晚报仇的。"

"我会把这几把玩具枪拿回家，"丹尼尔沉着地回答道，"等着你来的时候，就用这个招待你。怎么样？"

约翰，帕琪和贝丝跟着梅特尔穿过了窗户消失了。

"现在，轮到你了，先生。"少校对小提琴手说道，"我把他们拘在这，你快点逃走吧。"

"先不急，"丹尼尔回道，"咱们一定得做好万全的防护。"

他将枪支一把一把地拾起来，扔到了窗外。正当大块头的墨西哥护卫要从门口悄悄地溜出去的时候，他向大厅开了一枪，墨西哥男应声跌倒在地。

"你们没听见我们要你们站着别动，否则就开枪吗？"丹尼尔严厉地说道，"如果有任何人受伤，那只能怪他没听话。"

"快走，先生！"少校命令道。

"我会走，但我要最后一个走。"老男人宣布，"我会跟上你，请你拿上我的小提琴——一定善待它，就像对待你的宝贝们那样。"

少校拿着小提琴爬出了窗户，同着已经坐在车里的其他人会合。他走之后丹尼尔准备跟上，他先是背向窗户，接着转身敏捷地跳到了下面的空地上。牛仔们一声吼叫冲上前来,不料丹尼尔竟拿着枪再次出现在窗口,他们只能停在那。

"你们最好还是乖乖地听话,"他说,"我就要和你们说再见了。下次再让我看到你们,看见谁就枪毙了谁,而且不会去他的葬礼上道歉。我也没有什么骗人的把戏陪你们玩了,所以直到我走之前都站在那别动,不然我可不能保证你们的安全。"

他慢慢地从窗户后退出来,这帮恶棍受到如此彻头彻尾的恐吓,他趁他们没能鼓足勇气从窗户跳下来摸黑找到四处散落的枪之前,匆忙地跑进了车里。

万普斯开心地笑了出来,猛地拉起了罩在耀眼的探照灯上的兜子,赶在听到反击的枪声前跳上了他的座位发动汽车向大路跑去。之后枪声越来越密集,此时汽车正沿着路平稳快速地向前奔跑着,很快便跑出了射程以外。

"这条路的路况真是格外的好,"丹尼尔说道,"从这开始便不会再有危险了。"

"危险?"万普斯轻蔑地说道,"谁在乎危险?我可是万普斯啊,有我在呢!"

"我们都在,"帕琪满足地坐在车里,"终于可以自在地说话了,我真的非常开心!"

第十五章　丹尼尔的情事

第十五章　丹尼尔的情事

没过多久他们就来到一条河边，那是高地河岸下涌出的一条浑浊的溪流。他们往左边转向丹尼尔指的方向，河水顺着风的方向延伸大约一英里远的地方，突然间，黑暗中一座古雅精致的小屋隐约可见，那便是这个老德国人口中所说的家。

"这房子是我自己造的，我把它造成了稀罕的样子。你们今晚就在这休息吧。"他说道，此时万普斯也将车停在了门前。

此时一阵低声的抗议响起，因为这个房子看起来还没有车大。但约翰非常理智，指出他们不应在夜里驱车赶不熟悉的路，而且距离他们要去的斯波维尔村庄还要很远。此外，少校对昨晚的车顶之夜记忆犹新，为了躲避响尾蛇，爬到了车顶过夜的他再无意在亚利桑那州露营。所以他主张接受丹尼尔的邀请。女孩们则好奇房子能住几个人而不再反对，他们站在以花架为顶的低矮门廊上，房子的主人进到屋子里去点亮了灯。

房间的舒适着实让他们感到惊喜。单层住宅的一半改造成为客厅，装饰简单却不乏典雅。一张大型方桌上散落着乐谱，而且多是原创稿——也证明丹尼尔是一名作曲家。长凳和椅子一样多，表面加衬着褐色的皮子。墙上挂着几幅精致优良的画作，房子各方面都令这些客人满意。

他为冰冷的屋子点着了宽敞的壁炉，于是一股舒适的气息在他的宾客、小厨房、睡房、储藏室中冉冉升起，占据了小屋的边边角角。他告诉他们他会为女孩们在客厅里准备好床铺，并把自己的房间给梅里克先生和道尔少校睡，而他和万普斯会在储物间里休息。

"我有很多毯子，"他说道；"绝对不会冻着。"

后来他们一起便坐在炉火前，伴着煤油灯微弱的光亮聊起了这冒险刺激的一天。

约翰问丹尼尔为什么会在这荒凉偏僻的沙漠生活，这个老男人用极其有趣的方式向他们讲述了自己的故事。

"我曾经，"他说道，"有过非常辉煌的时刻，走到哪都是人们瞩目的焦点。我是斯图加特皇家剧院管弦乐队的队长，我们的国王也多次对我赞许有加。但我是个大傻瓜。我该有多傻，竟然认为一个人可以永远这么的伟大。我和首席女歌手结婚，并创作了一部极好的歌剧，甚至比瓦格纳爵士的创作都出色。唉，于是他们便因嫉妒和我对着干。一天，当我完成了我的创作，我到剧院去指导歌剧，让人大感意外的是，导演先生告知我可以领退休金了；我太老了，他要雇更年轻的盖伯特先生。我迷茫失落地回到家里，发现盖伯特竟然偷走了我为歌剧创作的配乐还拐走了我的老婆。我能做什么？什么也不能做。盖伯特先生领导着我的乐团，所有人都为他喝彩。我就这样被遗忘了。有一天我看到国王嘉奖盖伯特先生，他制作我的歌剧还说那是他原创的。所有人都为之疯狂，纷纷向盖伯特先生献花。我的老婆在歌剧中演唱，人们为她欢呼，她同盖伯特先生乘马车前去与贵族们和导演一同享用盛宴。

"回到家后我自问：'我是谁？'得到的答案是：'谁也不是！'现在的我还伟大吗？不，就是一粒尘土。我能做什么？好吧，离开。我有一点儿储蓄。于是我来到了美国。我不再喜欢热闹。我更喜欢和我的小提琴为伴。于是我找到了这个地方，建立了这个房子，我在这过得很幸福。我唯一的邻居就是这些残忍无道的啃老族们。"

他的故事同他讲故事的方法一样都是悲伤的。老男人高兴地讲了出来，但他们却从他简单的话语中听到了一个悲剧。故事结束时他的听众都静静地不说话，感觉不管他们说什么都无法使他得到安慰或是减轻一点点负担。只有万普斯，坐在后面，轻蔑地看着这个曾是万人迷的男人。

丹尼尔从架子上取下小提琴并开始演奏，曲调轻柔却技艺精湛，这般宁静安心的和谐立刻抓住了他们的注意力。帕琪将灯光调暗，摇曳的火光照着整间屋子，丹尼尔理解帕琪的做法，并将这闪烁的光融入到他的旋律中。

很长一段时间他都在即兴演奏，这完全迷住了他的听众，尽管他们有着不同的性情，却都为他的技艺感到惊讶。接着在毫无征兆的情况下，曲风突变，一种有力洪亮的曲调渲染着激昂尚武的气氛。歌曲在赋格曲声中消逝，当休止符鸣钟一般入耳时，老男人将琴放在了膝盖上，向后依靠在垫子上深深地叹了一口气。

一时间，没有人打破这番宁静。如此天才的音乐家竟会被放逐至如此荒凉的地方，却仍能用那神乎其神的技艺拨动人的心弦，这真是太奇特了。确实，就如他所讲，他是一位"大音乐家"，一个天才，一颗如流星般划过天际却转瞬即逝的星星，留给他的未来是一片空白。

万普斯不自在地挪了挪椅子。"我想问你点事情。"他说道。

丹尼尔站起身来看着他。"你有一只眼睛坏了，"万普斯反射性地继续说道，"为什么会这样？琴弓戳到眼睛了吗？"

"不。"丹尼尔嘟哝道。

"眼睛不能自己坏了。"身材瘦小的司机接着说道，"那是怎么弄坏的？"

窘人的沉默持续了一会儿。女孩们认为问这种私人的问题简直是冒犯，有些后悔让万普斯进到房间里来了。

过了片刻，这个老德国人用平静却也调皮的语气回答了这个问题。

"你猜不到吗？"他说道，"盖伯特先生伤了我这只眼。"

"天啊！"万普斯大声惊呼，"你和他决斗过？这是当然了，一定是这样。"万普斯点点头以表赞许。

"虽然我只有一只好眼，"丹尼尔接着说道，"对我来说不妨碍。这里也没什么值得看的东西。"

"我知道了，"万普斯说，"那盖伯特先生呢？他后来如何？"

又是一阵沉寂。之后德国人慢慢地讲述："我不是富翁，但我每年都会往斯图加特寄一点儿钱，为盖伯特的墓碑献上一些花。"

司机的脸变得明亮起来。他从座位上站了起来，郑重其事地握住了丹尼尔的手。

"你是一名伟大的音乐家。"他说道，"你要相信我说的话，你真的是伟大的。而你已经和伟大的司机握过手了。我可是万普斯啊。"

丹尼尔什么话也没说。他用手盖住了那只完好的眼睛。

第十六章　黑店

"醒醒，帕琪，我闻到了咖啡的味道！"贝丝叫道。很快两个女孩便穿好了衣服，现在正帮梅特尔上卫生间。清凉芬芳的空气透过窗户进到屋子里，天空开始泛红，太阳即将露出神秘的微笑。

"想想我们起得多早啊！"帕琪开心地叫了出来，"但我一点儿也不介意。贝丝，你呢？"

"我太爱这黎明了，"贝丝温柔的说道，"这些年我们都把最美好的清晨时光浪费在床上了。"

"不过有点不同的是，"梅特尔认真地说道，"我非常了解城市的黎明了，一直以来我几乎都是摸黑起来的，为了能够在上班前按时吃上早餐。但这次是不一样的，我向你保证，尤其是在寒风刺骨的冬天。而夏季的时候城市的空气都特别闷热，清早的时候人都是无精打采的很不舒服。所以我觉得最好能待在床上，能待多久就待多久——如果你没什么事情要做。但在这，这么开朗的地方，不同的小鸟一同起床呼吸大地的味道，不看着太阳探出羞红的小脸接着奋力地爬上天空，可能会是一件憾事呢。"

"哇，梅特尔！"帕琪惊讶地叫了出来，"多么有诗意啊。小家伙，这么美的句子是怎么跑到你的脑袋里去的？"

一时间梅特尔甜美的小脸竟和日出有的一比。她没有作答，只是微微地笑了。

约翰本想敲门叫醒她们吃早餐，却发现她们已经准备好了，老丹尼尔可是在小小的厨房里大展了一把身手，现在正在走廊里布置圆桌。待用完早餐后，万普斯便到车上为今天的旅程做准备去了。几分钟之后她们同这位上了年纪的音乐家道别,沿着小路向斯波维尔进发。

这天的旅程一帆风顺,没有什么意外发生。路上碰到了一两个骑着小马慢跑的印第安人,这种动物生性温和而且没有攻击性。这条路的路况良好,一路畅通无阻,所以赶在黄昏前抵达了斯波维尔,这一行人住到了一家小小的原始"旅馆"。这是一个两层的隔板建筑,楼下一层是酒吧和餐厅,楼上一层则是装修简陋脏乱不堪的盒状卧室。

"我想我们应该先找到这座房子的'缺陷'。"约翰悔恨地说道。"但我们应该能忍一晚上。"他叹了一口气又说道。

房东问道:"今晚吃什么肉?"房东是一个高个子、面色憔悴的男人,穿衬衫袖子的时候还在想到底要穿什么。

"什么种类的肉?"约翰谨慎地问道。

"亲戚们给了一些炸猪肉和风干牛肉。鸡也开始下蛋了。"

"鸡蛋?"

"当然了,陌生人。当今,这是斯波维尔的鸡唯一能下的东西。我倒是希望它能下饼干和带骨猪排。"

"不,有时候会下带骨猪排,但这种情况很少。"梅里克说道,"我们要一些鸡蛋,说不定里面还能有点炸猪排。有牛奶吗?"

"听装的还是鲜奶?"

"鲜奶就更好了。"

房主注视着约翰。

"嘿,你们已经赶了很长时间的路了,"他说道,"肯定到处花了不少钱。你点的这些东西要用卡付款吗?"

约翰舅舅震惊地盯着笑得很开心的少校。

"那些东西贵吗,先生?"少校问房主。

"我们自己都没有吃那些东西,现实是残酷的。运送一打鸡蛋要四十美分。镇上有七头牛,但是有四十一个婴儿,所以鲜奶得值那个价钱才行。"

"也许是的。"约翰温和地说道,"我们负担得起——但不能抢婴儿的食物。"

"这点倒不用担心。上一批开车来的人们很激动,因为我要了市场价。所以我只是提前问一下。自从我开始经营这家旅店我就发现,许多开车的人更应该付账单而不是汽油钱。"

少校把他拉到旁边。他没有告诉这位谨慎的房主梅里克是全美国最有钱的人之一,但他向其展示了一卷账单,绝对能满足房主交全款的要求。

旅途劳累的一行人享受到了美味的鸡蛋和新鲜的牛奶,不过零碎的食物就没有那么可口了。房主的两个女儿,面黄肌瘦地服侍着客人,饭是由房主的老婆做的。

贝丝、帕琪和梅特尔早早地吃完便回房了,约翰也是。少校,则抽着他命名的"睡前一支烟"闲逛到院子里,看到万普斯坐在车里,也在抽烟。

"万普斯,明早我们得早点出发。"少校说道,"快点去睡吧,"

"我就睡这儿。"司机平和地回答道。

"可是已经在旅馆给你留了一间房了。"

"我知道。不想睡在那儿。我就在这里睡了。"

少校反射性地看着他。

"万普斯，以前来过这？"他问道。

"没来过，先生。但我到过一个类似的地方，知道这种类型的旅馆。你知道为什么我会睡在车前座上吗？"

"我想，因为你天生就傻，而且还改不了。对我来说，我就要睡在床上，像基督徒一样。"少校相当不耐烦地说道。

"即使是基督徒有时也不能睡。"万普斯回答道，靠在座位上，向着晴朗的夜空吐了一团烟。

"对我来说，我是虔诚的基督徒，但我不是殉道者。"

"你什么意思？"少校问道。

"你赌博吗？"万普斯轻声问道。

"不常赌，先生。"

"但有时会赌？啊！那么我们来赌一盘。我赌十块钱你赌一分，你今晚在床上一定睡不着。"

少校咳了出来。然后他皱起了眉头。

"真有那么糟糕吗？"他问道。

"我觉得它就是这么糟。"

"我不信！"少校喊道，"这旅馆虽然称不上是一流的，比不上阿斯托利亚的华尔道夫酒店，但我觉得床铺一定是非常舒服的。"

"曾经，"万普斯说道，"我也是这么想的。我有过经验了，所以我要睡在车里。"

少校非常烦躁地走开了。他从来对这个加拿大人的判断没有太多的信任，不过这次他却觉得这个人比傻瓜还是聪明一些。

万普斯将自己卷在毯子里，打算在这宽敞的双人座上伸展一下他那中等长度的身体，这时响起了一串轻快的脚步声，是贝丝正在向车子走来。她裹着一件深色的斗篷，胳膊下夹着一捆衣服，另一只手里提着她的挎包。一轮新月昏暗地照着周围，镇上所有的人都已入睡，宾馆的院子也已空空如也，没有人会去注意女孩的长相。

"万普斯，"她叫道，"让我进车里吧。夜色实在太美了，我决定睡在车里。"

司机从座位上跳了下来，打开了车门。

"稍等，我马上把床铺搞定。"他说道。

"没关系啦。"贝丝回答道，"其他人都睡了，我保证。"

万普斯摇了摇头。

"他们马上都会过来的。"他一边预言道，一边熟练地为意料中的人准备床铺。贝丝进到车里后，万普斯将单坡帐篷扎好，把简易床按他们之前"野营"时的习惯安放好。

他快要完成这项任务的时候帕琪和梅特尔出现了。她们在解释为什么会出现，万普斯却打断她们，说道：

"好了，帕琪小姐，梅特尔小姐，你们的床已经整理好了，伊丽莎白小姐已经睡下了。"

于是她们松了一口气，爬到了车里，万普斯刚刚回到前座准备休息的时候，穿着衬衫和长裤的约翰小跑着过来了，胳膊上还挂着衣服。他赞赏地看向帐篷。

"干得好，万普斯！"他赞叹道，"他们给我的那个房间简直就是一个地狱。我实在是太担心我们年轻的姑娘们了，一点儿也睡不着。"

"哦,这样啊。"万普斯点点头回答道,"三位小姐正安全又开心地待在车里。"

"那我就放心了。万普斯,你的房间如何?"

"我没看,先生。我很是怀疑,所以就睡这儿了。"

"你真是个聪明的司机——换句话说,你真是稀有的物种。晚安了,万普斯。对了,道尔少校在哪?"

万普斯轻声笑了出来。

"在旅馆呢。先生,少校会骂人吗?"

约翰舅舅爬到了帐篷底下。

"如果他说脏话的话,"他回应道,"他一定正在咒骂这幸福的时刻。无论如何,我敢保证他没睡着。"

万普斯再一次回到了他的位置。

"少校来之前,我是不用想睡着了。"他嘟哝着,一边等待着。

没过一会儿,一个人向这边跑来,司机咧着大嘴笑了起来。

少校过来的时候甚至还没穿好裤子,他只是匆忙地将东西挂在两只胳膊上,穿着他的蓝白条内衣便往外逃。

万普斯从车上跳了下来,把帐篷的门帘拉了起来。少校在月光下停了好一会儿,盯着司机严肃地说道:"如果你发出一声,你就是个无赖,我会狠狠地揍你一顿!"

万普斯小心翼翼地,一句话也没说。

第十七章 黄灿灿的罂粟花

"哇，这就是加利福尼亚了！"帕琪兴高采烈地叫道，汽车离开帕克后，便跨过了亚利桑那州州界线。

"可是看上去没有什么不同啊。"梅特尔凝视着窗外说道。

"当然没有，"约翰说道，"州界线是人为产物，不会对这个州产生任何影响。我们已经翻过了一座小山，回到了亚利桑那州，现在我们必须接着翻越在加利福尼亚州内的那段界岭。事实上，我们终于已经进入"魔力之地"，现在所前进的每一英里都将带着我们一步一步地接近玫瑰和阳光。"

"现在已经有阳光了。"少校说道，"我们将一路伴着阳光前行。不过我还没看到玫瑰，在这刺骨的寒风中最好还是带上耳套吧。"

"这里的空气实在是太清新了，"约翰舅舅认真地说道，"但我们仍在多山地带，哈格蒂说……"

少校嘲笑般咳了咳，曼伯斯聪敏地看着约翰叫了起来。

"哈格蒂说……"

"那是一只野兔还是松鼠？看，是什么东西把咱们曼伯斯的眼球吸引住了？"少校打断约翰的话，含糊地指了指对面的平顶山。

"哈格蒂说……"

"我在想曼伯斯能不能抓住它们。"少校沾沾自喜地说道。

"他说我们所走的每一英里都会越来越接近香橙花的气味和耀眼的黄罂粟花。"约翰坚持说下去，"你看，毕竟我们已经在往南方走了，很快我们便会驶上因皮里尔路，前往圣地亚哥——一座美丽的南部中心城市。"

"什么是因皮里尔路？"贝丝问道。

"穿过因皮里尔河谷的一条收费高速公路，据说是全世界最贵的一条路，包括埃及著名的尼罗河河堤。这里还没有铁路，但人们很快便在这里安家落户了，而且哈格蒂说……"

"多壮观啊！"少校凝视着前方感叹道。再一次，曼伯斯蜷缩在了帕琪的膝盖上，抬起它蓬松的头可怜地叫了一声。

约翰眉头一皱，接着说哈格蒂。

"他说如果现在美国不那么为世人所知，那么因皮里尔路将很快使得美国很出名。这里庄稼茂盛——草莓和瓜类植物一年四季都有，还有热带和亚热带的水果和谷物，鲜花葡萄更是被人所熟知。"

"我们会走因皮里尔吗？"梅特尔热切地问道

"我想可能不会，亲爱的，我们只是沿着河谷的边缘走。这里还很原始荒凉，尽管很多移居的人聚到了宜居区，但因皮里尔本身就很大，大到可以自成王国。然而，我们要在科罗纳多找到最理想的气候，一路要沿着蓝色太平洋的边缘走，到洛杉矶我们应该要休息调整一下，顺便了解一下金州的奇观。这一路下来，姑娘们累了吗？"

"我不累，"贝丝立刻回答道，"我很享受旅途中的每一英里。"

"我也是，"帕琪补充说，"可能除了与啃老族那次冒险的经历。但即使这样我也不想错过那次经历，因为那让我们结识了老丹尼尔！"

"对于我而言，"梅特尔温柔地说道，"我已经在现实中的仙境了。这场美妙旅行中所有的一切,对我来说就像一场梦,我恨不得不要醒来,可是我必须及时醒来。"

"亲爱的宝贝,不用担心,还没到梦醒的时候。"帕琪倾身亲吻了她的朋友。"尽情享受现在。如果仙境真的存在,那么就是为像你这样的人准备的,梅特尔。"

"我们旅途中最伟大的奇迹之一,"少校面带微笑地说道,"就是咱们的小病号的康复情况。相信我,现在的梅特尔已经不是那个刚开始的她了。你们没有看到她的改变吗。"

"我感受到了,"梅特尔高兴地回答道,"你们有没有发现我现在可以走得很好,我现在都很少用到拐杖了。"

"你能感受到你的面色红润了,眼睛也明亮了吗?"约翰问道,对于她,舅舅非常的满意。

"这场旅行正是梅特尔所需要的,"帕琪补充道,"她一天天变得健康起来。不过她还没有完全好起来,我还指望依仗着加州适宜的气候能使她完全的康复呢。"

约翰没有作答。他还记得医生的诊断,梅特尔最终想要恢复到正常人的状态还需要经历一场痛苦的手术,他善良的心肠不允许他在这个可怜的女孩面前细想这种痛苦。

终究,哈格蒂的话——得到了验证。这群热切的游客所走的每一英里都为其展开了一片全新的风景。随着他们离开高海拔来到平坦地区,也就是圣贝纳迪诺山脉的北面,这里的空气变得愈来愈芬芳,黄灿灿的罂粟花是加利福尼亚州的象征。此时他们正在离能看到因皮里尔不远的地方,因皮里尔河的棉花田时隐时现,这是游客们可能见过的最迷人的景色之一。他们拐着弯正好走到这,之后便一路向北直至索尔顿。沿着神秘的索尔顿湖行驶,接着向西行驶至埃斯孔迪多,这里的路况极好,很长的一段路既平稳又坚硬如一条柏油大道一样。横跨州际的这三天是奇妙又开心的日子。

没过多久,他们便遇到了路边到处盛开的玫瑰和康乃馨,少校固执地说这些都是假的。

"这看上去都是假的,"帕琪的父亲生气地说道,"这等纤弱的花朵怎么能在隆冬时节生长在户外。你们看那草地!你瞧,季节是变化的。眼下加利福尼亚州是春天了。"

"我们最后一次停下来遇到的那个男人告诉我,他的玫瑰花会开一整年。"帕琪说道,"你闻闻那香橙花的香味好不好!它们是多么的甜美,难道没有让你想到鸟儿吗?"

从埃斯孔迪多到海边的距离很短,他们是在一处外悬于水面上的高耸断崖上第一次看到了威严的太平洋。从这里开始向南便是通往圣地亚哥的路,此时他们正在沿着海岸线行驶在一条山间小道,不得不承认,这是全美风景最美的小路之一。

沿着丘陵下行至圣地亚哥附近时,他们穿过了一片片灿烂的野花海,如此大量又美艳的花儿令女孩们直呼神奇。花海以黄色和橙色的罂粟花为主,但有几亩数不清的藏红色的野芥末花、蓝色的康乃馨、白色的雏菊。血红的树,花尖纷纷向着天空,构成一幅绝美的画面。盛开着的丝兰更是扩大了美丽的画面。

他们没有在加利福尼亚最南边的城市圣地亚哥停留,在这能将墨西哥边境线一览无余。万普斯将车开到了海湾,在这他将会把车开到驶往科罗纳多的大型渡船上。在这短暂的航行中,所有人都下了车,看着在海湾清澈的水中嬉戏的海豚,出神地望着对岸摇曳着的棕榈树,"太平洋之冠"——科罗拉多。

第十八章　沉默的男人

踏入世界著名的卡罗拉多大酒店预定的房间时，甚至少校都亲切地笑了。

"这，"他说道，"让我想到了纽约。这可是自离开家以后第一件能让人想到纽约的事情。"

"哎呀，老爸，这一点儿也不像纽约。"帕琪反驳道，她正站在少校的身旁，从宽敞的窗户向外远眺着大海，"你在纽约看见过摆动的棕榈树吗，看见过和人一般高的雏菊丛，或是那么多的玫瑰和葡萄藤？而且你瞧那些山——他们告诉我，它们在墨西哥——这壮观的岬角在另一个方向呢，叫诺马角。哇喔，我从来没想到会有如此漂亮的地方！"

剩余的人也是同样地兴奋，约翰满面笑容地说道："亲爱的宝贝们，终于，我们到这啦，咱们已经为这次横跨大陆的旅行付出了很多。这里的房间多棒啊。如果酒店的餐食能和这房间一样好，我们将会在这度过非常快乐的时光，也就是说我们能尽可能地待久一点儿。"

酒店的餐食为所有人带来了另一个惊喜，这里的饭菜与东部大都市酒店旗鼓相当。约翰喋喋称赞，老板是一个身材敦实而又面善的人，曾在纽约经营过一家有名的酒店，现在将他的智慧与经验带到这遥远的加利福尼亚。

"我很抱歉，"这位绅士的老板说道，"我不能为您预留到更好地房间——因为原本有一些位置更佳的房间可供选择。我本已为您一行人保留了一套转角套房，我认为那是酒店最令人满意的一间套房。但昨天来了一位古怪的客人，他要求订下整间套房，我只能让他住了进去。他不会待很久，只要他走了,您们将会住进那间套房。"

"他是谁?"约翰问道。

"一位富有的矿工。顺便说一下,是一位极其忧郁而又特别的客人。"老板罗斯说道,"我想他的名字叫琼斯。"

梅里克先生惊了一下。

"琼斯,还是一名矿工?"他说道,"他其他的名字是什么——安森吗?"

"我们会确认一下。"罗斯先生回道,酒店登记员开始查询,"不,不是安森。他登记的是C.B.琼斯,波士顿人。"

"噢,那不是我要找的那个琼斯。"约翰失望地说道。

"这却是我们的顾客琼斯。"老板笑着回答道。

与此同时,三个女孩已经到海边散步去了。科罗拉多的沙滩很美。高高的防堤坝,坝上的小路沿着岬的边缘延伸,几乎和岬的长度一样。虽然岩石是有坡度的,却不难爬下至海浪拍打堤坝的地方。

她们在酒店附近和队伍走散了,于是往其中的一个方向闲逛,那里离岬有半英里远,实际是个很荒凉的地方。夜幕慢慢地降临,贝丝遗憾地说道:

"姑娘们,咱们得回去换衣服准备吃晚餐了——一顿极其奢侈的晚宴,是吧?咱们的行李两周前就运抵酒店了,现在就在咱们的房间里,毫无疑问,正等着穿到咱们身上呢。"

"待会儿再回去行吗?"梅特尔祈求道,"我想看落日。"

"那一定会很美。"帕琪看了一眼天空说道,"不过我们可以站在窗前看啊,我们离酒店还很远,我觉得贝丝的建议很明智。"

于是她们调头往回走。梅特尔走起路来仍然有些困难,她们还没走多远的时候贝丝叫道:"看,下面有个人!"

同伴们顺着她指的方向看去,一个孤独的身影站在水边的一大堆石头上。他探着身子注视着变黑的波浪——因为太阳低落,影子倾斜地投射在水面上——他的姿势令梅特尔觉得熟悉。

"哦!姑娘们!"她叫了出来,"那个在大峡谷的男人。"

"哎!我看像他,"帕琪也同意,"他在干什么?"

"什么也没做,"贝丝简短地说道,"不过,我想他正要做些什么。"

当她们站在高处注视着他的时候,男子立刻直起了身板,匆忙地向两边望了望。这个地方像是和他作对一般,因为他并没有看到高地河岸上有三双目光专注地看着他的动作。下一刻他便又转过身去依靠在岩石的边缘处。

"不要啊!"梅特尔叫了出来,她清澈的嗓音高过了浪花怕打的声音;"请不要啊!"

他转过身来,抬起他那憔悴的脸望向那个挂着拐杖的年轻女孩,女孩紧紧地握住双手,悲痛的表情在她那秀丽的脸上表露无遗。

"不要啊!"女孩再次祈求道。

男子单手扶额,以非常疲惫的姿态再一次望向梅特尔——这次看得很清楚。而她的手脚都在颤抖,脸都吓白了。

慢慢地——十分缓慢地——男子转过身来开始爬上岩石,没有直接向女孩站的位置爬而是斜着往上爬,这样能够和她们拉开一段距离。直到男子爬到了路上、走向酒店她们都没有移动。之后她们便跟在男子身后，保持男子在视野范围内，直到他进入庭院后消失在视野内。

"我在想，"在回房的路上，帕琪说道，"他是否真的想要跳海？或者在大峡谷的那个时候他是否有跳进峡谷的念头？"

"如果有，"贝丝接着说道，"梅特尔便救了他两次。但她总不能在旁边看着他，如果他有自杀的打算，迟早他会毫不犹豫地自我了断。"

"也许，"梅特尔支支吾吾地说道，"我真的错了，这个陌生的男子根本没有伤害自己的念头。可是每次我都抑制不住自己要喊出来的冲动，过后我便会为我的鲁莽感到害臊。"

吃晚餐的时候她们没有见到那个忧郁的男人。但过后，在宽敞的大厅内，她们发现了那个男人正坐在远处的角落里读杂志。他似乎非常专注于这项消遣，对周围的事物毫不关心。女孩们让约翰关注一下他，梅里克一下子就认出他和那个在大峡谷遇到的男子是同一个人。

"不过我可不是很高兴能再次遇见他。"舅舅轻皱眉头说道，"如果我没记错的话，他对待梅特尔非常的无礼，而且当我主动示好和他讲话的时候，他还不爱与人亲近。"

"我在想他是谁？"帕琪沉思地说道，男子看上去既疲惫又憔悴，眼睛懒懒地看着杂志。

"我去问问，找出答案。"舅舅回答道。

这时，胖乎乎的老板正在大厅内来回踱步，四处停下来和他的顾客们谈论着什么。约翰靠近他说："罗斯先生，你能告诉我坐在角落的那位先生是谁吗?"

老板向角落处看了看,笑了。

"那,"他说道,"正是我们下午所说到的——C.B.琼斯先生——就是他占了本来留给你们的套房。"

"套房?"约翰重复了一遍,"那么,他有很多人一起吗?"

"他一个人,这就是很奇怪的事情,"房主回答道,"他也没有很多行李。但是他很喜欢这间套房——五室外带一间开放的厅——并且坚持要住这一套,也不在乎这是全酒店最贵的套房中的一套。我有说过他是个怪人,对吧?"

"你说得很有道理,"梅里克陷入了思考,"谢谢你,先生,告诉我这些。"

女孩们一起坐在了一个宽敞的长沙发椅上,正巧在他回到女孩们身边的时候,男子起身放下了手中的杂志,慢慢地从房间走下来,径直走向了电梯。突然,他一下子认出了那个在沙滩上和他搭讪的女孩和她的伙伴们,忽地一下停在了一行人的面前。他那悲伤的眼睛一动不动地看着梅特尔的脸。

情况变得有些尴尬,为了缓解这份尴尬,约翰用他那活泼的语调说道:"嗨,琼斯先生,你瞧,咱们又见面了。"

男子慢慢的转过身来看着舅舅,机械般地鞠了一躬,接着走进电梯里不见了。

自然而然地,约翰生气了。

"讨人厌的家伙!"他大叫道,"他连一个莽汉都不如。可能他的早期教育被忽视了。"

"您称他为琼斯先生是吗,先生?"梅特尔用因为激动而颤抖的声音问道。

"是的，亲爱的宝贝。不过他不是你的安森舅舅。我已经向人打听过他了。不管走到哪里，琼斯都是常见名字，但我不希望有很多像他那样的琼斯。"

"他一定有问题。"帕琪说道，"他肯定是丧亲了——对他来说是一个巨大的打击——让他变得郁郁寡欢。他没有意识到他的行为很无礼。通过他的眼神就能看出来他不开心。"

"他的眼睛既无光彩也无表情。"贝丝说道，"就算他状态好的时候，这位琼斯先生也一定是一个不受欢迎的人。"

"你不能那么肯定，"帕琪回道，"我觉得我的猜测是对的。而且我越来越同意梅特尔的看法，他厌倦了人生，渴望结束自己的生命。"

"让他那么做好了。"约翰反驳道，"我确信这种人对这个世界是没有用的，如果他不热爱自己，那还不如就这样结束自己的生命。"

一向心善的约翰竟能说出这样一句狠心的话，足以表明他对琼斯先生的无礼有多么的愤怒。

"他应该得到帮助和安慰。"梅特尔温柔地说道，"每当我想到先生您为我的人生带来的幸福，我便渴望将我感恩的心情传达给别人，使他们也能幸福。"

"小家伙，你正在做呀。"他一边回答道，一边捏了捏她的小脸，"如果我们为你的人生带来了一丝阳光，那么我们也从你的陪伴中得到了丰厚的回报。但是如果你能找到安慰琼斯的方法，把他从忧郁中拉出来，那么你一定是一位仙女，比起我为你做的更加值得受到称赞。"

梅特尔没有回应,尽管这话让她很开心。现在的她略感疲惫,想要回到房间。贝丝和帕琪想要到壮观的半球形舞厅观赏舞蹈,于是梅特尔在和她们道过晚安后便坐电梯上升到了自己房间所在的楼层。

第十九章　"三次"

厚厚的地毯减弱了拐杖着地的声音——现在对她来说几乎用不到了——年轻的女孩沿着走廊向前走着，穿过几个拐角再转个弯就到她的房间了。一定是一些古怪的建筑师画制了拉罗那多大酒店的规划图。酒店的九百间房子就像迷宫一样，顾客得有很好的方向感才不至于迷路。

其中一个急转弯的附近，有一扇半掩着的门，梅特尔路过的时候向里面瞥了一眼，接着便不自觉地停了下来。这是一间很小的客厅，装修精美，一个双手紧紧包住脸的男子弯腰坐在偌大的椅子上。虽然看不到那人的脸，但是梅特尔知道他是谁。这瘦薄的身形和绝望的态度都表示出他就是那个莫名其妙闯进她的世界的人，那个用性格不可思议地影响着她的人。此时，她正站在微亮的走廊上带着无限的怜悯望着他，她向他身旁的桌子瞥了一眼，发现电灯下有什么东西在闪闪发亮。

她的心因恐惧和惊慌突然猛地跳了一下。她的直觉告诉了她那"东西"是什么。"让他那么做好了，"约翰曾这么说过，但梅特尔立即决定"不能让他这么做"。

男子保持静止，一动不动，他的眼睛依然是合起来的，仿佛已经迷失在周围的环境中。梅特尔犹豫了一下，轻轻地蹑手蹑脚地走进了房间。她把拐杖夹在了胳膊下面，却不敢用，因为怕发出声响。她一步一步的向前挪动着，直到伸手便能触碰到桌子的地方。接着她伸出了手，抓住了手枪，藏进了她宽松的衬衫里。

转过身来的时候，梅特尔惊觉男子手中已经握着一把枪，一动不动的盯着她。

梅特尔重重的依靠在了拐杖上。她感觉到无力与痛苦，就像罪犯被抓了现行一样。在这样可疑的注视下，她垂下了头，小脸因为羞辱和懊恼而变得绯红。尽管如此，她并没有试着逃跑，她也没有这个想法。所以一段时间内便产生了这样一幅独特的画面——跛脚的女孩垂着头一动不动地站着，而男子在一动不动的盯着她。

"三次了！"他慢慢地说道，最终声音还是被一丝情绪所搅动，"三次了。孩子，你为何如此执着？"

梅特尔鼓起勇气迎上了他的目光。男子的话打破了沉寂，所以现在同他说话不是那么的困难了。

"你为何逼着我变得执着？"她用颤抖的声音问道，"你为何决定要……要……"

她没能说出那句话，但他点点头表示理解她的意思。

"因为，"他说道，"我累了，真的很累，孩子。这个世界很大，实际上，真的很大，但对我来说却不再有任何的意义。"

此时男子的声音足够表达出他彻底的心灰意冷。

"为什么？"梅特尔问道，她被自己的大胆也吓到了

很长一段时间男子都没有作答，坐在那读着她丰富的面部表情，直到男子深蓝色的眼睛里闪现出温和的眼神。

"对于你这个年纪的人，这是一个十分悲伤的故事。"最终他还是说了出来，"也许太过悲伤，你不会理解它，也不会理解我。我是一个古怪的人，年纪也大了，我这一生过得都很古怪。我的故事就像我的一生一样，已经结束了，我实在无力再续写另一个故事。"

"哦，不！"梅特尔真挚的说道，"必定不会是这样

的，如果是这样，刚刚为什么我还要走进你的生命里？"

他一脸吃惊的表情看着她——甚至是震惊。

"你走进了我的生命里？"他低声地问道，语气中带着好奇。

"我没有吗？"她反问道，"在大峡谷的时候……"

"我知道。"男子匆忙地打断她，"那是你的失误，也是我的失误。你不该干涉我，我也不应该让你干涉。"

"但我还是这么做了。"梅特尔说道。

"是的。不知怎么的，你的声音就像是一道命令，我遵从了命令。也许是因为没有人有这个权利来命令我。你……出其不意地做到的。"

他的手紧紧地盖住了眼睛，这种疲惫的姿态是他独有的，接着陷入了沉静。

梅特尔依然在站着。她不知道在这种非常时刻该做些什么，或者再多说些什么。对话不能以这样概括的方式就结束了。某种意义上，这个无助的男人需要她，然而她却不知道。对于要以适当的方式对付这种重大危机，她感到软弱并且无能为力。女孩蹑手蹑脚的走到男人对面的椅子坐了下来。她用手托住了下巴，恳求似地抬起眼睛望她这位奇怪的朋友。他真诚地对上了她的目光。他脸上沉重的表情好似已经消失了，被一种从未有过的同情所驱散。

很长一段时间，他们就这样静静地坐着，沉思着。

"我希望，"梅特尔再一次用她那最温柔最甜美的声音说道，"我能够帮到你。当我在最糟糕的时候有人帮助了我，所以我想要帮助你。"

男人没有回答，接着又是再一次的寂静。但他接下来的一席话表明他考虑过她讲的话了。

"因为你曾经遭受过痛苦,"他说道,"所以你同情那些也遭受痛苦的人。你现在已经摆脱麻烦了吗?"

"几乎是的。"她说道,脸上露出了明朗的笑容。

他叹了一声气,没有接着问下去。

"前一段时间,"她主动说道,"我的身边既无朋友也无亲戚。"他用奇怪的眼神看着她。"我没有钱。我因一场事故而受了伤而且几乎没了希望。但我没有绝望,先生,我只是一个没有经验的女孩。"

"在我人生最黑暗的时候,我找到了我的朋友们——善良、友爱的朋友们——是她们向我展示了一个全新的世界,一个我从未怀疑会存在的世界。我认为这个世界就像一面伟大的镜子,"她继续说道,"我们看向它时,它便反映着我们的生命。一个微笑也会以同样的方式将欢乐和光明反射到我们的心田。你认为生命中不再有欢乐,那是因为你悲伤而且……而且疲惫,就像你说的那样。一朝被蛇咬十年怕井绳——你觉得故事结尾都会是悲剧。但为什么都会是悲剧呢?难道生命中的欢乐和悲伤不该是两分的吗?"

"不!"他回答道。

"几天前,"她接着说道,语气真挚,"我们正在穿越亚利桑那的沙漠。那不是一次令人愉快的经历,但我们没有绝望,因为我们知道这个世界不全是沙漠,玫瑰和阳光正在前面等待着我们。现在我们身在加利福尼亚,我们已经忘记了那枯燥无味的沙漠。但是你——先生,你才刚刚开始穿越沙漠,你便认为整个世界都是激烈残酷的,没有为你带来欢乐!你为什么不能鼓足勇气走出来去看看生命中的玫瑰和阳光,找到那份属于你的欢乐呢？"

他几乎是胆怯地看着她，但是在她看来，他似乎是抓到了属于他的第一束希望之光。

"你认为在这个世界上我还能找到属于我的欢乐？"他问道。

"当然，我想告诉你的是，生活中有多少痛苦就有多少欢乐。你难道不知道吗？我就是最好的例子。当你试着躲避幸福的时候，它不会来找你，你会在半路上遇到幸福，但你要做好自己份内的事才能得到幸福。我不是在说教，我在竭尽全力地实践着，是我自己的经验，我知道我正在说什么。至于您，先生，我可以明白地看到你并没有尽到本分。你遇到了伤心事并被它打败，你变得忧郁起来不肯释怀。你没有为自己的权利去奋斗——上帝赋予每个人权利，并希望人们能抓住并充分利用这些权利。确实是这样的！"

"但是有什么用呢？"他羞怯地问道，然而脸上却是渴望的表情，"你还小，孩子，我老得几乎可以做你的爸爸了。有一些事情是你还没有学过的——这些事我希望你永远不会学到。一棵橡树可以独自站在田野里，却因为树枝相互不能触碰而变得孤独；花朵可以独自在花园绽放，却因缺少陪伴而枯萎、死亡。上帝的智慧在于物以类聚，他给了亚当同伴，他创造了没有孤独的事。但是你瞧，我的孩子，虽然这个世界芸芸众生，包罗万象，但其中却没有一个我可以称之为朋友的人。"

"哦，不，有一个！"梅特尔赶紧说道，"我就是你的朋友。不是因为你想要和我做朋友，而是你需要我。这便是开始，不是吗？我可以在我的朋友中为你找到其他的朋友，而且你一定会喜欢他们，因为我喜欢他们。"

这个天真的建议振摄人心，但这个年轻美丽的女孩称他为朋友，令他备受震动。此时他没有看着梅特尔，而是直直地凝视着前方的墙纸，他眉头紧锁仿佛陷入了深思。

或许换做任何一个人都会感激女孩的同情心和友爱，或者至少感谢这一切，反正不会像奇怪的琼斯先生这样古怪。梅特尔似乎也希望得到感谢，可她的一席话能让他想一些新的事情已经足够了。

他沉思了许久，她终于想起来现在已经晚了，并开始担心帕琪和贝丝会因找不到她而着急。所以最后她慢慢地站了起来，拿上拐杖转身走了出去。

"晚安，我的——朋友！"她说道。

"晚安，孩子。"他呆板的回答道，还是一副心不在焉的样子。

梅特尔回到房间，还好时间没有她担心的那样晚。她打开了抽屉，把枪放了进去，没有一丝的颤抖。

"无论如何，"她满意的嘟哝道，"今晚他是用不到了。"

第二十章 诺马角之旅

第二天早上,一束美丽娇艳的玫瑰花出现在了梅特尔的房间——花儿如此的美丽以至于让人不敢相信它们可以生长在户外。把花带过来的那个男生告诉她加利福尼亚州有几座温室,这是他们从超过五百朵花中挑选出来的。她拿着花跑去向帕琪和贝丝展示。她俩不仅对玫瑰花感到惊奇,更对送花人是古怪的琼斯先生这个事实感到诧异。礼物里并没有卡片或是纸条,但在年轻的女孩叙述昨晚她与琼斯先生的对话后,她们便不再质疑是他送的花了。

"也许,"帕琪想到,"我们误解他了。在我的人生中,从未见到过如此冷漠的人。不过这个男人肯定有温柔的一面,否则他不会想到要给新朋友送花。"

"这真是一个好主意,"贝丝说道,"他想让梅特尔知道他感谢她的好意。"

"我敢保证他喜欢我,"梅特尔坦白的说道,"当我跑进去拿走他的枪或是告诫他的时候,他一点儿也没生气。我是用真心与他交谈,所以他一点儿也没拒绝。"

"他需要的,"贝丝评论道,"是要摆脱他自己,并与更多的人交往。我在想,我们能不能哄着他和我们一起开车去诺马角。"

"我们需要这么关心他吗?"帕琪问道,"他面相尖酸刻薄,行为暴躁乖戾,而且那么不给约翰舅舅留面子。我倒是愿意帮助梅特尔拯救这个老家伙,但或许我们能找到一个更简单的办法,而不是把他和我们关在一个车里。"

"他不会去的,我保证。"梅特尔说道,"他已经变得有点圆润了——虽然只有极少的一点点——玫瑰花就是证据。不过,昨晚他对待我就和他对待梅里克先生一样,甚至我们会话结束后都是那样,我说了'晚安'之后等他的答复等了很久。不过我想你可以去见见他,帮他振奋一下心情。所以如果有机会的话,请让我引荐一下,一定要对他好一点儿。"

"天呐,"帕琪大声笑了出来,"梅特尔已经是一副手握悲伤一号所有权的样子了。"

"她有权这么做,因为她救过他的命。"贝丝说道。

"三次,"梅特尔骄傲地补充道,"他亲自和我说的。"

约翰听了梅特尔的冒险故事后相当的震惊,他也表达了愿意协助她帮助琼斯先生摆脱忧愁情绪的意愿。

"每个男人或多或少都有奇怪的地方。"他说道,"如果你们女士没有在听,我想说的是女人也是如此。我也能想象到,一个富有男人的权利本来就异于他人,如果这样能使他高兴的话。"

"这么说,琼斯先生是有钱人?"贝丝问道。

"根据老板的说法,他可是非常的有钱。他在煤矿上工作——我猜,也许还操纵股票。但很显然的是,财富并没有让他得到安慰,或者他不想摆脱尘世的烦恼,不想忘记痛苦吧。"

在动身去诺马角旅行前——那是一个向太平洋凸进很深的海角,他们并没有见到这琼斯。这是一条路况极佳的碎石大马路,沿着海角的北部边缘,环绕灯塔角,绕着南部边缘再回来,全程海拔在一百英尺以上。

海角拥有空前绝后的视野。万普斯将车停在了另一辆装点帅气的汽车旁边。

"有人在我们之前到这了,"帕琪说道,"这不奇怪。"

"据说,"已经真正的开始享受加利福尼亚风光的少校说道,"站在这里可以看到很多不同的景色。你们瞧,这一系列壮观的圣贝纳迪诺山脉;墨西哥海滨的西班牙湾;圣地亚哥是一座背靠山岭面朝平静海湾的城市,海湾里停泊着太平洋舰队的战舰;诺大的果园栽满了橘树和柠檬树,高耸的棕榈树将其围绕形成树篱;圣卡塔利娜岛和卡罗纳多岛;蔚蓝的太平洋在前面起伏着,诺马崎岖的岩石峭壁在后。这里可以看到比世界上任何一个著名的海角更多的景色。试问,这么多的景色我们还需要别的吗?"

"别忘了还有那个偌大的酒店,有上百个塔和三角墙,坐拥海湾与汪洋。"贝丝补充道,"它看起来是这么触手可得,然而却在好几英里以外。"

有人告诉他们在悬崖绝壁处能找到月长石,于是他们便沿着小路爬了下去。曼伯斯也跟在后头,显然在这次旅行中它的个头并没有增长,不过却因为天生的好奇心让它经常摆出一副爱冒险的架势,这使它经常陷入麻烦。

此时,他们来到了狭窄的海岸。曼伯斯跑到了前头,在悬崖几乎要碰到水面的一角来回绕圈,接着便听到了它猛烈的犬吠声。

"听声音就像它在玩辨味游戏似的。"帕琪说道。

"可能是一只乌龟,也可能是一条被冲上岸的大鱼。"少校说出了他的想法。

就在此时,小狗的声音突变为一连串夹杂着痛苦和恐惧的尖叫。

"哦，它受伤了！"梅特尔叫了起来。他们加速前进，约翰带头跑了起来，绕过一块大石头准备去营救他们的宠物。

然而，有个人正在他们的前面。这只傻狗在沙子里发现一只大螃蟹，冲着它大声地叫，并把鼻子抵在了它身上，结果螃蟹用它的蟹钳死死地夹住了它黑色的鼻头。曼伯斯想后退，同时还在疯狂地咆哮。尽管螃蟹的个头小，但它用其他的爪紧紧地抓住了一块石头，把这只被吓坏了的狗锚定在一个点。

就在这情形危急的时刻，一个高高瘦瘦的男子迅速地救起了它，此时约翰舅舅也带着他的队伍出现了，男子用刀切下蟹钳后曼伯斯得以自由。看到了女主人，小狗仍然疼得直叫，赶紧跑过去寻求安慰，约翰转向男子说道："谢谢你，琼斯先生，救下了这个可怜的小家伙。曼伯斯是一条东方的狗，你知道的，不知道该怎么和螃蟹相处。"

琼斯先生正在检查蟹钳的时候，这个横行霸道的家伙迅速溜进了水里。

"这是一种小龙虾。"他想了想说道。接着看到女孩们也来了，他清理了一下自己，然后十分不自然地提了一下帽子。

这个姿势令所有人都震惊了。从他们第一次见面到此刻为止，男子都只是注视和走开，而现在，令人吃惊的是，他在试着以礼待人，这真是出乎意料。

梅特尔靠近他的身边。

"真高兴能在这遇见你，琼斯先生。"她明朗地说道，

"哦，还有，谢谢你送我美丽的玫瑰花。"

他用饶有兴趣的眼神看着她的脸，仿佛他自己的表情也没有那么憔悴和悲伤了。

"让我来介绍一下我的朋友们。"女孩忽然想起了她的任务，"这是梅里克先生，我的好朋友也是我的恩人；这位是道尔少校和他的女儿帕特丽夏·道尔，两位都有着世界上最善良的心；这位是贝丝·德·格拉夫小姐，是梅里克先生的外甥女，她照顾我关心我，待我如妹妹一般——哦，我忘记了，帕琪小姐也是梅里克先生的外甥女。现在你认识他们所有的人了。"

男人简单地点了点头表示他知道了。

"你——你就是琼斯先生，波士顿人？"

"曾经的波士顿人。"他机械地重复道。接着他看着她说道："继续吧。"

"啊——什么——我不明白，"她磕磕巴巴地说道，"我落下了谁吗？"

"落下你自己了。"他说道。

"哦，不过我——我昨晚见过你了。"

"你还没有告诉我你的名字。"他提醒她。

"我是梅特尔，"她安慰地笑道，"梅特尔·迪恩。"

"梅特尔·迪恩？"他的声音刺耳，几乎是吼出来的。

"梅特尔·迪恩。我……我来自芝加哥，但我再也不住在那儿了。"

男人一动不动地站在那儿，死死地看着女孩，这让女孩感到很尴尬。女孩向帕琪投去哀求的眼神。作为朋友，帕琪明白了女孩的意思，走上前来前言不搭后语地说了一些关于可怜的曼伯斯的话，算是把女孩救了出来。曼伯斯此时仍在呻吟着，扭动着，它把被夹的鼻子抵着帕琪的下巴以缓解疼痛。

琼斯先生留意到了道尔小姐的意图，梅特尔努力地想要藏到贝丝的身后，为了控制了局面，梅里克将男子的注意力转移到风景上，便问他是否在找月长石。

此时的对话内容变得寻常了许多，只可惜琼斯先生几乎保持沉默。他似乎想要努力地找到谈话的乐趣，但他的眼神总是望向梅特尔的脸，直到她找到了一个机会把脸转了过去。

过了一会儿，约翰宣布说："午餐已经在车上备好了，和我们一起用餐吧，琼斯先生？"

"好！"这一点儿也不像琼斯的作风。毫无疑问，此时这个男人是心不在焉的，不知道这样做是无礼的。他静静地跟着他们攀着石头爬了上来。当他们到车里的时候，他坐在了梅特尔的旁边，万普斯把午餐的篮子拿了出来，贝丝和帕琪把桌布铺在了草地上，打开了食物篮。

琼斯先生只吃了一口，很明显的是，他在努力地跟住对话并使自己对他们说的产生兴趣。他最终意识到他不住的凝视让梅特尔感到紧张，从那以后他便努力将视线从她的脸上移开。但时不时的，他的眼神还是会悄悄地溜过去。贝丝正在好奇地看着他，得到的结论是，为了能进一步同大家交往，他正在认真努力地让自己举止得体。

午餐过后，他们打算经由奥尔德敦和西班牙布道所返回，琼斯先生指着停在他们旁边的车说：

"这是我的车。我希望梅特尔·迪恩能和我坐同一辆车。"

女孩犹豫了一会儿，不过很快她便决定她不能撤退，她现在要切实地对这个厌世者进行改造,她说:"我非常乐意。但你不能再载上一个我的朋友吗?这样人数能更平均一些。"

他低头看着自己的脚,仔细思考着这个提议。

"我和你一起走。"贝丝迅速地回答道,"你和琼斯先生坐在前面,我坐在后面。"

男人没有反对。他只是把梅特尔抱起来,温柔地把她安置在了前座上。少校为贝丝打开了车门,她被这一举动给逗乐了,坐到了后面的座位上。琼斯先生显然对自己的车很了解,他坐在驾驶室里毫不费力地发动了引擎,并向梅里克先生点点头,说道:"先生前面带路,我在后面跟着。"

万普斯出发了。他对另一辆车很不满意,他一点儿也不适应这样子开车。除此之外,这辆车的车主一脸苦大仇深的样子,竟然已经抢走了他的两名乘客,就连乱蓬蓬的小曼伯斯,这一路上已经和约翰的司机建立了友谊,也突然弃他而去。对于要坐另一辆车,曼伯斯的嘴里一直哼哼叽叽的,帕琪把它放上去,它便蜷缩在陌生人的旁边,好似对此完全的满意。帕琪逗笑说这是因为曼伯斯感谢琼斯先生把它从螃蟹钳里救了回来。但是万普斯却愁容不展,在开往奥尔德敦的路上明显的不开心。

"他也许是个花花公子。"加拿大人对着少校嘟嘟哝哝的说道,"但如果是这样,他可就太能装了。我曾经认识一个很像他的偷狗贼,但只要曼伯斯和梅特尔小姐、贝丝小姐在一起,应该是安全的。"

"别担心了,"少校安慰道,"我会盯着那个无赖的。不过他是个出色的司机,对吧?"

"哼，就那个！"万普斯轻蔑地说道，"那种廉价的小车自己都能跑。"

在奥尔德敦的时候，琼斯先生和他们分开了，他说他已经去过布道馆了，不怎么喜欢。但他驾车离开的时候，脸上的表情比之前他们任何人见过的都要温和亲切，梅特尔在想她的魅力已经开始起作用了，改造真的已经开始了。

第二十一章　一个悲伤的故事

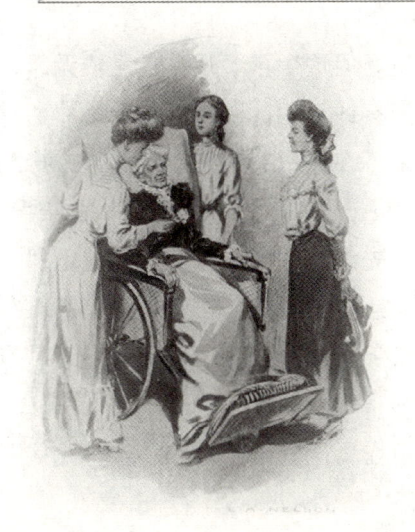

晚饭后，梅里克独自坐在酒店的大厅。女孩们去看少校打保龄球，琼斯先生走过来坐在了他旁边的椅子上。

约翰试图真挚地和他打招呼。他还不能说服自己喜欢他的个性，不过看在梅特尔的面子上，而且他本身也希望自己能对如此绝望难过的人有足够的雅量。对琼斯先生他以礼相待，这比他认为琼斯先生应得到的尊重要多。

"告诉我，梅里克先生，"他提出了唐突的请求，"你们是在哪找到的梅特尔·迪恩的。"

约翰欣然地告诉了他。毫无疑问，这个男人对梅特尔很感兴趣。

"我的姑娘们是在列车跑到芝加哥和丹佛之间的时候发现她的。"他开始讲述他们的故事，"她要去莱德维尔找舅舅。"

"她舅舅叫什么名字？"

"安森·琼斯。但这个孩子几乎是无依无靠，身体受了伤，没有朋友也没有钱。她甚至都不确定她的舅舅是否还住在莱德维尔，如果不在那里，她只能任凭这个冷酷世界的摆布。所以我发了电报，得知安森·琼斯几个月前便离开到矿营去了。你知道吗？先生，一开始我怀疑你就是那个消失的舅舅。因为我听说你是个矿工而且名字中也有琼斯。但很快我发现你不是安森·琼斯，而是C.B琼斯——这令事情有了很大的转变。"

琼斯先生心不在焉地点了点头。"告诉我接下来发生了什么。"他说道。

约翰舅舅应允。他讲述了帕琪和贝丝是如何对待梅特尔,告知她身体检查的状况,之后讲了几件从阿尔伯克基到圣地亚哥这次愉快的长途旅行中发生的重要事情。

"这是一次前所未有的宝贵尝试。"他总结道,"因为这个孩子是个甜美可爱讨人喜欢的同伴,她的友爱和感激之情已经足够回报我们为她所做的一切。我决定不让她离开我们了,先生。当我们回到纽约后,我会尽自己所能咨询最棒的专家,我相信她能够完全治愈,和以前一样好。"

另一个男人专心地听着,故事结束时他静静地坐了一会儿,好像在思考衡量他听到的那些话。接着,在毫无预警的情况下,他平和地说出了这样一句话:"我就是安森·琼斯。"

约翰舅舅倒吸了一口凉气。

"你,是安森·琼斯?"他大叫道。接着他提出了自己的疑问:"我亲眼看过你登记的名字是C.B.琼斯。"

"一样的,"他回答说,"我的名字是柯安森——但是家人总叫我'安森',那时我还有一个家庭——我在矿营的时候这个名字是最有名气的。是这个名字误导了你。"

"但是……哎呀!我不认为梅特尔知道她的舅舅叫柯安森。"

"可能不知道。她的妈妈,先生,也就是我的妹妹,是我仅有的亲人,也是这个世界上唯一一个关心我的人——尽管我曾傻乎乎地认为另一个人也是关心我的。我努力工作为了给基蒂挣更多的钱——基蒂是梅特尔的妈妈——也是为了我自己。我想有一天能让她过上舒服幸福生活,因为我了解到她的丈夫去世了,留下她一个人家徒四壁无依无靠。我很多年没有见过她了,也没有经常写信给她,那不是我的作风。但基蒂总是知道我是爱她的。"

他踌躇着,静静地坐了一会儿。接着他继续用他那平和稳重的语气说道:"为了让你完全了解我,你一定得听一听我的故事的另一个部分,了解为什么现在的我是如此绝望,不可救药,或者说,可能直到昨天晚上。多年前,在波士顿的时候,我爱上了一个漂亮的女孩。我快要五十岁了,而她还不到三十岁。但我的年龄并没能阻止我赢得她的爱,她坦诚地对我说她在乎我。但她说她不能嫁给一个穷人,她说她会等我挣到钱。我确信她会嫁给我,我相信她。我不知道男人为什么会相信女人。这么做真是荒谬透顶,我却这么做了,其他的男人也是这么的傻。啊,我是如何拼命工作,规划今后的生活!人不可能一夜暴富,我花了几年的时间,她总是和我不断地约定,让我抱有希望和抱负。

"最后,我赢得了这场游戏,因为我知道我要快点成功。这对我来说是无穷的动力。我发现了一个矿,卖了一半,挣到了一百万。于是我急忙地赶到了波士顿去告诉我的新娘……可她只等了三个月便嫁给了别人,她假装在等我,假装了近十年!她拒绝我,因为我是个穷人,之后便嫁给了一个律师,也是个穷人。她嘲笑我的绝望,冷冷地建议我找别人来分享我的财富。"

他又一次停了下来,疲倦的把手覆在了眼睛上——熟悉的姿势,梅特尔知道。他的声音听起来越来越阴沉,眼下他仿佛同他们第一次在大峡谷见到他时那样的凄凉和不幸。

"我经历过不幸,"他接着说道,"但这一击把我打蒙了,令我十分震惊。我就像一只受伤的野兽偷偷地跑去找我的妹妹，我知道她一定会尽力安慰我的。可是她死了。她那我从未见过的女儿梅特尔，也已经死于一场交通事故。这是她的姑妈，那个叫玛莎·迪恩的恶女人告诉我的，虽然现在我知道她在说谎，掩盖了自己的卑劣，将一个手无缚鸡之力的孩子扔到遥远的西部，去找一个陌生的舅舅。我为了报答玛莎·迪恩还给她寄了钱，她称已经用于梅特尔的葬礼了。我想，这几乎就是抢劫，但这和她虚假的谎话是不能相比的。我丢失了心爱的人，妹妹——甚至一个没见过面的外甥女。我已绝望透顶，我已生无可恋。彻底茫然沮丧的我搭上了来西部的第一班火车。一股冲动使我半路在大峡谷下了车，我找到了终结这份痛苦的方法。但梅特尔阻止了我。"

此时，约翰彻底地产生了兴趣和同情心，倾下身子严肃地说道："上帝向你伸出了手！"

琼斯先生点了点头。

"我开始相信上帝了，"他回答道，"女孩的脸成功地拦下了我，甚至在那种绝望的情况下。她有着和基蒂相似的眼睛。"

"那是一双美丽的眼睛。"约翰舅舅真挚的说道，"先生，你已经找到了一个最美好最可爱的外甥女。恭喜你！"

琼斯先生再一次点点头。自从谈到梅特尔，他的情绪再一次改变了。他的眼睛里充满了愉悦和自豪。他紧紧地握住了梅里克先生的手颇有感触地说："是她救了我，先生。甚至在不知道她是我外甥女之前我便开始想过，如果不是她我不可能活下来。而且现在……"

"现在你确定她就是你的外甥女了。但是……"，约翰加重了语气，"谁来向梅特尔宣布这个消息呢？"

琼斯回答道："先生，请允许我过一段时间再告诉她这个事实。我今天才发现这个事实，你瞧，我需要一点儿时间想通整件事，决定如何最好地利用我的这笔财富。"

"我尊重你的意愿，先生。"梅里克先生说道。

女孩们结伴返回，安森·琼斯没有逃避，反而是加入他们的对话。

贝丝和帕琪十分惊奇的发现，"悲伤一号"竟正与约翰愉快地聊天。少校好奇地看着这个男人，不理解他发生的变化。但梅特尔为他的进步感到自豪，看到他精神了许多，女孩确实很开心。为什么对这个男人这么有兴趣，她自己也不能解释清楚，她除了成功阻止了灰心绝望的他自杀之外，还给与他勇气重新面对这个世界。但这已足够，这足以给她一种对这个怪人拥有"所有权"的感觉，就像帕琪曾经表达的那样。除了这些，她渐渐地开始喜欢这个亏欠她很多的男人。帕琪和贝丝还没有对他产生太多的兴趣，也不欣赏他阴郁的性格。但梅特尔的直觉告诉她要看到表面之外的东西，她知道琼斯先生的天性里是有讨人喜欢的特质的，只要他肯展示这些。

第二十二章　相认相聚相亲相爱

那晚之后，琼斯便尽可能抓住任何一个能加入这一行人的机会。有时和他们一起乘车去科罗纳多周围旅行，其他时候他会载着梅特尔，或者再载一个女孩在他的车里。他看上去一天比一天明朗快乐，甚至后来道尔少校都承认他是个不错的伙伴。

三个星期之后，他们向北来到了洛杉矶，在途中花了两天在里弗赛德和雷德兰兹游玩购物。他们在洛杉矶最壮观的一座酒店建立了大本营，到周边的市县进行了短途旅行，那里简直就是南加利福尼亚的园艺场。有一天，他们去了帕萨迪纳，那里的居民自豪于自己的城市规模；还有一次他们参观了好莱坞，著名的"花的天堂"。山海触手可及，有太多的事情要做，所以时间过得飞快。

从短途旅行回来的那天，梅特尔遇到了人生中最大的一个惊喜。确实，约翰虔诚地对琼斯先生的身份进行了保密。

这是一个历史性的夜晚。他们抵达酒店时，梅里克先生对女孩们说："你们换好衣服后到会客层见我们。今晚咱们自己人用餐。"

她们对这个要求略感惊讶，不过约翰时常做一些不寻常的事情，所以她们并没有多想。然而，一个小时后，当他们到达会客层的时候，梅里克先生、少校和琼斯先生正在等她们，所有人都穿上了礼服，钮空里别着几朵小花。

"这是什么？"帕琪问道，"宴请？"

"我想是的，"约翰笑着说道，"请吧，道尔小姐。"

少校陪同贝丝和琼斯先生郑重其事地走在梅特尔的旁

边。她仍然拄着拐杖,但是用到它只是为了方便。走廊的尽头,一个服务生打开了一扇虽小但却漂亮的宴会室的门,里面有一张圆桌,桌上摆放了六套闪闪发光的雕花玻璃和银质器具。桌子的中央摆放着一件大气的摆饰,摆饰以桃金娘藤作为装饰。整间房都布置着美丽的蓝色花朵,并充满了美味的葡萄藤香气。

"我的天呐!"帕琪开心地笑着,叫着,"这简直就像是咱们的小梅特尔的特别展览会啊。谁是主人翁,约翰舅舅?"

"当然是琼斯先生啦。"贝丝立刻说道。

梅特尔脸色羞红,小心翼翼地瞄向琼斯先生。此时他的脸上堆满了笑容。他把她安排在了上座,接着郑重其事的说道:

"这确实是为了招待梅特尔的,因为她找到了一些东西。一定程度上,这也是答谢宴,为了我的朋友们,也是为了我,我也找了一些东西。"

他的声音听起来是如此紧张,安静的气氛一直维持到全体落座,期间的谈话氛围也就比之前没有这些礼节的时候沉重许多。梅特尔很努力地在吃,但一直有一个疑问——整顿饭的时间她都有这个疑问。终于,饭后餐点上来了,服务员也都撤下去了,现在只剩他们自己了,女孩再也抑制不住自己的好奇心了。

"告诉我,琼斯先生,"她转向坐在身旁的他,"你找到了什么?"

他一直在思考该如何回答她。

"以后你不能再叫我'琼斯先生'了。"他说道。

"为什么？那么，我应该怎么称呼你？"她极为不知所措地回答道。

"我觉得你更适合叫我'安森舅舅'。"

"安森舅舅？为什么，安森舅舅是……是……"

她停住了，完全蒙了，但一个突然的疑惑令她感到头晕目眩。

"在我的印象中，梅特尔，"约翰开心地说道，"你从未恰当地把自己介绍给琼斯先生。如果我没记错的话，你凑巧认识了他却没有正式的介绍过自己。所以现在由我来做这项令人愉快的工作。梅特尔·迪恩小姐，请允许我向你介绍你的舅舅，柯安森·B·琼斯先生。"

"柯安森！"吃惊的女孩们异口同声的重复道。

"这是我的名字。"琼斯说道，微笑第一次从他那严峻的面容上流露，"家乡的人，包括我的妹妹基蒂——你的妈妈，我的宝贝——都叫我'安森'。我想，这就是为什么老玛莎·迪恩只知道我是你的'安森舅舅'了。如果她告诉你我的名字是柯安森，那么你可能会早点怀疑我就是你那消失的舅舅'C·B·琼斯'。我之所以消失只因找不到你，梅特尔。当你在西部找他的时候，他在东部旅行。基于很多原因，但是我很高兴你不认识我。这给了我一个机会让我认识到你的甜美。现在，我真诚的感谢上帝，感谢他将你带到我的身边，感化我，让我有活下去的信心。亲爱的宝贝，如果给我机会，从今以后，我将为你而活，倾尽全力让你得到幸福。"

琼斯先生说话的时候，梅特尔瞪着她纯洁的大眼睛看着他的脸，对她奇特的命运感到惊讶。不过她非常非常的高兴，年轻的她很快便从震惊中缓过神来。

来自帕琪、贝丝、少校和约翰的掌声很好地掩盖了这个小伙伴的尴尬，并给她时间来整理一下自己。接着眼含泪水的她温柔地亲吻了舅舅那布满皱褶的脸颊。

"哦，安森舅舅，我实在是太开心了！"她说道。

好了，梅特尔的故事就讲到这里。也许应该再加上一点儿，安森舅舅把约翰打算做的事情都做了，甚至做了更多的事情。一个月后，他们返回纽约后咨询了著名的专家，确保女孩需要进行无痛手术。在空气新鲜的大西部享受的那场绝妙的远行，一定程度上已经为她从受到的伤害中找回了健康。回到纽约时梅特尔已不需要拐杖了，那也是她第一次到纽约。医生说，轻微跛脚的她将会很快康复。这个孩子实在是太开心了，尽管她或是她的朋友们都完全没有注意到她的跛脚。

帕琪·道尔，是威林广场这栋多户住宅的业主，将道尔一家对门的单元租给了安森舅舅。安森先生为他挚爱的外甥女打造了一个温馨惬意的家，帕琪说自己的老爸远远比不上安森先生对外甥女的宠溺与疼爱。

少校坚称这真是荒谬透顶。不过他已经和安森·琼斯建立了真挚的友谊，而琼斯也不再悲伤，在梅特尔善良的影响下他已经蜕变为一个讨人喜欢的人。